Franz Kafka
Träume
»Ringkämpfe jede Nacht«

Herausgegeben von
Gaspare Giudice und
Michael Müller

Mit einem Nachwort von
Hans-Gerd Koch

W0191236

Fischer Taschenbuch Verlag

Deutsche Erstausgabe
Veröffentlicht im Fischer Taschenbuch Verlag GmbH,
Frankfurt am Main, Januar 1993

Die Taschenbuchausgabe basiert auf der Grundlage
des von Gaspare Guidice herausgegebenen Bandes
Franz Kafka ›Sogni‹
Erschienen bei Sellerio editore, Palermo
Copyright © by Sellerio editore, Palermo 1990
© 1992 Fischer Taschenbuch Verlag GmbH, Frankfurt am Main
Alle Rechte vorbehalten durch
S. Fischer Verlag GmbH, Frankfurt am Main
Quellennachweis im Siglenverzeichnis
Umschlaggestaltung: Buchholz / Hinsch / Hensinger
Gesamtherstellung: Clausen & Bosse, Leck
Printed in Germany
ISBN 3-596-11148-X

Gedruckt auf chlor- und säurefreiem Papier

Inhalt

Zu dieser Ausgabe

1990 erschien in Italien erstmals ein Band, in dem Kafkas Traum-aufzeichnungen und seine Äußerungen über das Träumen versammelt sind. [Franz Kafka: Sogni. Palermo: Sellerio editore 1990] Der Herausgeber Gaspare Giudice schrieb in seinem Vorwort, daß man, da Kafkas Schreiben mit dem Träumen verschwistert sei, durch eine solche Sammlung eine Art weiteren Band mit »Erzählungen« Kafkas erhalte. In der Tat gewinnen die Traumaufzeichnungen, wenn man sie aus dem ursprünglichen Tagebuch- oder Briefkontext herauslöst, für sich, d. h. als eigenständige Texte gelesen, einen neuen Charakter und eine neue Qualität. In der vorliegenden deutschen Ausgabe werden – mit einigen kleinen Ausnahmen – die von Giudice ausgewählten Texte in der von ihm hergestellten Ordnung geboten. Vor allem was die dritte Abteilung, die *Frammenti*, wie der italienische Herausgeber sie nennt, betrifft, mußte notwendigerweise eine Auswahl erfolgen: mancher Leser mag den einen oder anderen Text vermissen, der ihm ebenfalls einen ausgeprägt traumhaften Charakter zu haben scheint, hier war jedoch einfach eine Selektion aus Konzeptgründen erforderlich. Der Anmerkungsteil von Gaspare Giudice wurde für die deutsche Ausgabe neu erarbeitet; die Anmerkungen dienen dazu, die Traumaufzeichnungen in einen biographischen Kontext zu stellen, d. h. mögliche Verbindungen zwischen den Träumen und Ereignissen im Leben Kafkas deutlich zu machen. Weiterhin werden in Form eines Sachkommentars Informationen zu in den Texten erwähnten realen Personen und Orten gegeben. Auf eine ›Deutung‹ der Träume wurde verzichtet; diese soll dem Leser überlassen bleiben.

Vorbemerkung

> »Der Träume Herr, der große Isachar, saß
> vor dem Spiegel, den Rücken eng an des-
> sen Fläche, den Kopf weit zurückgebeugt
> und tief in den Spiegel versenkt. Da kam
> Hermana, der Herr der Dämmerung, und
> tauchte in Isachars Brust, bis er ganz in ihr
> verschwand.« [H 207]

»Als Gregor Samsa eines Morgens aus unruhigen Träumen erwachte, fand er sich in seinem Bett zu einem ungeheueren Ungezie-
fer verwandelt«, beginnt eine der bekanntesten Erzählungen Franz
Kafkas. ›Die Verwandlung‹ scheint eine Fortsetzung der Träume
des Protagonisten zu sein oder vielmehr einem Alptraum zu ent-
springen, den der Autor, dem die Idee zu dieser Geschichte »in dem
Jammer im Bett« [F 102] kam, selbst gehabt hat. Doch: »Es war
kein Traum«, heißt es ganz explizit, womit Kafka dem Leser die
Möglichkeit nimmt, die bequemste Erklärung für die dargestellten
ungewöhnlichen Ereignisse zu finden. Man ist aufgefordert, die
Metamorphose eines Menschen in ein Insekt als etwas Tatsäch-
liches und höchst Wirkliches zu nehmen. Dadurch wird zunächst
einmal jeder irritiert, der es gewohnt ist, die reale Welt verstandes-
gemäß zu durchdringen, und sich von der Literatur eine Hilfestel-
lung bei dieser Aufgabe erwartet: »[...] man verachtet den Realis-
mus und wirft mit ihm, wie das immer so geht, auch sein Gutes
zum Fenster heraus«, äußerte 1916 sehr verärgert Franz Herwig in
einem Aufsatz über die Autoren der Reihe ›Der jüngste Tag‹, in der
auch Kafkas Erzählung erschienen war. Der Begriff von den Phan-
tasten kam auf, der von den einen als Schimpfwort gemeint war,
mit dem die anderen aber ihre Anerkennung für die jungen Schriftsteller zum Ausdruck brachten. »Logik im Wunderbaren« atte-
stierte Oskar Walzel ebenfalls 1916 Franz Kafka aus Prag und

führte aus, daß dieser im Vergleich zu anderen, Gustav Meyrink, der das Wunderbare als Traum vortrage, Paul Adler, der es in zeitlich und geographisch entfernte Regionen verlege, »dem Leben am nächsten bleibt«. [BO I 148]

Dem Verfasser zum Trotz möchte man sagen: die Geschichte von Gregor Samsas Verwandlung ist doch ein Traum, dadurch aber, daß dies so energisch verneint wird, gewinnt sie erst ihre Wirkung. Sie stellt den landläufigen Begriff von Realität in Frage – oder zwingt einen dazu, ihn zu erweitern. Darauf, daß etwas Traumhaftes – oder Wunderbares oder Phantastisches – einfach als etwas Reales vor den Leser hingestellt und mit realistischen Mitteln erzählt wird, beruht der Effekt vieler Werke Kafkas. Kommt es nicht nur im Traum vor, daß jemand, der »nichts Böses getan« hat, eines Morgens verhaftet wird und daß man ihm den *Prozeß* macht? Oder daß ein Sohn, der eigentlich ein guter Sohn ist, von seinem Vater zum Tode verdammt wird und dieses *Urteil* auch an sich selbst vollzieht? Aber bald nachdem man diese Geschichten zu lesen begonnen hat, ist man bereit, das Unmögliche als etwas Wirkliches zu akzeptieren und es in die eigene Realität miteinzubeziehen. Die Kausalgesetze, die wir kennen, scheinen in Kafkas Texten außer Kraft gesetzt, aber man beginnt zu ahnen, daß es noch andere Gesetze gibt. Will Erich Peuckert schrieb 1927 in einer Rezension des ›Prozeß‹-Romans: »Franz Kafkas Buch enthält die Geschichte eines Menschen, der das Alltägliche, Gewöhnliche, das ihn umgibt, versteht, bis eines Tages hinter diesem Alltäglichen ein Neues, Unbegreifbares auftaucht. Sagte ich: hinter? – Nein, im Alltäglichen.« [BO II 130]

Kafka erhebt das sogenannte Irreale in den Rang des Realen, er zwingt uns damit, unsere Welt neu zu sehen. Er macht uns klar, daß es etwas Unbegreifbares gibt, das vielleicht noch stärker als das, was wir rational erklären können, unser Leben prägt. In einer Tagebuchaufzeichnung hat Kafka sein Schreiben einmal als Darstellung seines »traumhaft innern Lebens« charakterisiert. Mit dieser Aussage stimmt überein, daß er sich, bevor er einen Text niederzuschreiben begann, sorgfältig gegen alle Einflüsse der äußeren Welt abzuschirmen suchte. Das »Alleinsein« hat er mehrfach als unabdingbare Voraussetzung für sein Schaffen bezeichnet, und so pflegte er sich in der Tiefe der Nacht, zurückgezogen in sein Zimmer oder sogar in einem eigens dafür angemieteten Haus, an den Schreibtisch zu setzen. Es ging ihm dabei nicht darum, Atmosphäre zu schaffen, sondern er versuchte, sich in einen bestimmten mentalen Zustand zu versetzen, einen Zustand, der dem eines Träumenden in vielem entspricht. In seinem Tagebuch hat er diesen Zustand einmal beschrieben; er spricht davon, daß »die Kraft« seiner Träume »schon ins Wachsein vor dem Einschlafen« strahlt und daß er sich in diesem Zwischenbereich seiner dichterischen Fähigkeiten vollständig bewußt sei: »Ich fühle mich gelockert bis auf den Boden meines Wesens und kann aus mir heben was ich nur will.« [KKAT 53]

»Nur so kann geschrieben werden, nur in einem solchen Zusammenhang, mit solcher vollständigen Öffnung des Leibes und der Seele«, heißt es in seinem Kommentar zu der Geschichte ›Das Urteil‹, die er »in der Nacht [...] von 10 Uhr abends bis 6 Uhr früh in einem Zug geschrieben« hat. [KKAT 460] Die Zensur, die der Verstand normalerweise ausübt, wird bei solcher Art des Schreibens weitgehend ausgeschaltet: »Wie alles gewagt werden kann, wie für alle, für die fremdesten Einfälle ein großes Feuer bereitet ist, in dem sie vergehn und auferstehn.« [ebd.] Texte, die auf diese Weise entstehen, folgen einer eigenen Logik, einer Traumlogik. Strukturen des Traums begegnen dem Leser in ihnen immer wieder, immer wieder geschieht das rational nicht zu Erklärende, werden die vertrauten Dimensionen von Zeit und Ort aufgehoben. Dem *Landarzt*, der zu einem Kranken gerufen wird, ist gerade sein einziges Pferd gestorben, aber es öffnet sich die Tür des seit Jahren unbenützten Schweinestalls, ein Pferdeknecht kauert darin und »zwei Pferde, mächtige flankenstarke Tiere« schieben sich aus dem Türloch. Der Landarzt steigt in den Wagen, der Kutscher bleibt zurück, er klatscht nur in die Hände, und der Wagen wird »fortgerissen, wie Holz in die Strömung«. »Aber auch das nur einen Augenblick, denn, als öffne sich unmittelbar vor meinem Hoftor der Hof meines Kranken, bin ich schon dort; ruhig stehen die Pferde [...].« [E 125]

Man kann also sagen, daß Kafka mit den Mitteln des Traums arbeitet. Damit ist natürlich nicht gemeint, daß seine literarischen Texte

Traumaufzeichnungen sind, d.h. daß in ihnen Träume wieder-erzählt werden, die er wirklich gehabt hat. Es sind vielmehr Kunstträume, in denen in »Halbschlafphantasien« geborene Ideen ausgearbeitet und traumhaft gesehene Bilder eingesetzt werden. Dargestellt wird das Traumhafte aber immer ganz realistisch, so daß implizit in jedem Text die Behauptung erhoben wird: »Es war kein Traum.« Über ›Die Verwandlung‹ schrieb Oskar Walzel, Kafka mute uns nur am Anfang etwas Unglaubliches zu, eben die Verwandlung. »Kafka nimmt das Wunder [...] nur einmal in An-spruch und arbeitet im übrigen nur noch mit einer Wahrung des Wirklichkeitseindrucks, um die ihn ein Naturalist beneiden könnte.« [a.a.O., S. 147f.]

Briefe und Tagebuchaufzeichnungen belegen aber auch, daß Kafka Träume *erlitten* hat und daß er diese Träume als etwas empfand, das sich seinem Schreiben entgegenstellte, da sie ähnlich wie seine Schlaflosigkeit seine Arbeitsfähigkeit zerrütteten: »der Herr ver-langt sogar traumlosen Schlaf«, schreibt er selbstironisch in einem Brief an Felice Bauer, in der er sie über seine »Tages«- oder besser »Nacht«-Einteilung informiert. Dieses Verlangen bleibt aber oft unerfüllt: »[...] von jetzt an bleibt es die ganze Nacht bis gegen 5 so, daß ich zwar schlafe daß aber starke Träume mich gleichzeitig wach halten.« [KKAT 49f.] Im Gegensatz zu den produktiven Wachträu-men und Halbschlafphantasien bedrängten ihn diese Träume und ließen sich nicht kontrollieren. Daß er einige von ihnen anschlie-ßend aufgeschrieben hat, mag auch einen Versuch der Verarbeitung bedeuten. Immer wieder sind in ihnen Realitätspartikel zu erken-nen: Personen, die ihn umgaben, Orte, die ihm vertraut waren; diese Träume werden ganz offenbar häufig von Problemen, die ihn im täglichen Leben bedrängten, genährt. Mehrfach kommen der Vater oder Gestalten, die man mit ihm identifizieren könnte, vor. Eine Gruppe für sich bilden die Träume, die wohl auf seine Schwie-rigkeiten in der Beziehung zu Felice Bauer und später zu Milena Jesenská zurückgehen dürften. Es ist nicht eindeutig auszumachen, inwieweit diese Traumaufzeichnungen – vor allem die, die für einen Leser bestimmt waren – schon literarisiert sind. Es fällt auf, daß die Gruppe der Adressaten, an die sich die Briefe richten, in denen Kafka seine Träume mitteilt, sehr klein ist: seine Schwester

Ottla, seine Freunde Max Brod und Felix Weltsch und zwei der Frauen, die ihm zeitweilig nahestanden, Felice Bauer und Milena Jesenská. Offenbar betrachtete er diese Mitteilungen als intime Bekenntnisse, die er nur jenen anvertraute, auf die er sich verlassen konnte. Wenn er sie preisgab, so bat er damit auch um Verständnis, ähnlich wie er es im Oktober 1921 tat, als er Milena Jesenská seine Tagebücher übergab. Wie er es in einer Eintragung vom 22. März 1922 formulierte, wird in den von ihm aufgezeichneten Träumen oft die Grenze »zwischen dem gewöhnlichen Leben und dem scheinbar wirklicherem Schrecken« überschritten. [KKAT 913] Auch dem psychologisch ungeschulten Leser enthüllt sich in diesen gesteigerten, gedrängten Darstellungen viel vom Seelenleben Franz Kafkas.

»Hinter dem Tor stieg eine sehr steile Wand aufwärts, die mein Vater fast tanzend erstieg, die Beine flogen ihm dabei so leicht wurde es ihm. Es lag sicher auch einige Rücksichtslosigkeit darin, daß er mir gar nicht half, denn ich kam nur mit der äußersten Mühe, auf allen Vieren, häufig wieder zurückrutschend hinauf, als sei die Wand unter mir steiler geworden.« [KKAT 419]

Michael Müller

Träume

»Ringkämpfe jede Nacht«

Über Schlafen, Wachen und Träumen

Schlaflose Nacht. Schon die dritte in einer Reihe. Ich schlafe gut ein, nach einer Stunde aber wache ich auf, als hätte ich den Kopf in ein falsches Loch gelegt. [...] Und von jetzt an bleibt es die ganze Nacht bis gegen 5 so, daß ich zwar schlafe daß aber starke Träume mich gleichzeitig wach halten. Neben mir schlafe ich förmlich, während ich selbst mit Träumen mich herumschlagen muß. Gegen 5 ist die letzte Spur von Schlaf verbraucht, ich träume nur, was anstrengender ist als Wachen. Kurz ich verbringe die ganze Nacht in dem Zustand, in dem sich ein gesunder Mensch ein Weilchen lang vor dem eigentlichen Einschlafen befindet. Wenn ich erwache sind alle Träume um mich versammelt aber ich hüte mich, sie zu durchdenken. [Tagebuch, 2. Oktober 1911; KKAT 49 f.]

Um möglichst schwer zu sein, was ich für das Einschlafen für gut halte, hatte ich die Arme gekreuzt und die Hände auf die Schultern gelegt, so daß ich dalag wie ein bepackter Soldat. Wieder war es die Kraft meiner Träume die schon ins Wachsein vor dem Einschlafen strahlen, die mich nicht schlafen ließ. Das Bewußtsein meiner dichterischen Fähigkeiten ist am Abend und am Morgen unüberblickbar. Ich fühle mich gelockert bis auf den Boden meines Wesens und kann aus mir heben was ich nur will. [Tagebuch, 3. Oktober 1911; KKAT 52 f.]

Meinem Verlangen eine Selbstbiographie zu schreiben, würde ich jedenfalls in dem Augenblick, der mich vom Bureau befreite, sofort nachkommen. [...] Dann aber wäre das Schreiben der Selbstbiographie eine große Freude, da es so leicht vor sich gienge, wie die Niederschrift von Träumen [...].

[Tagebuch, 17. Dezember 1911; KKAT 298]

[Ich hatte] aber noch unter dem Einfluß des Schlafes und darum in ununterbrochenen und etwas zauberhaften Vorstellungen an Dich und an eine mögliche Berliner Reise gedacht.

[An Felice Bauer, 22./23. Dezember 1912; F 202]

[...] ich werde ja auch nicht schlafen, sondern nur träumen.

[An Felice Bauer, 22./23. Januar 1913; F 264]

Ich kann nicht schlafen. Nur Träume kein Schlaf.

[Tagebuch, 21. Juli 1913; KKAT 567]

Diese Art Schlaf, die ich habe, ist mit oberflächlichen, durchaus nicht phantastischen, sondern das Tagesdenken nur aufgeregter wiederholenden Träumen durchaus wachsamer und anstrengender als das Wachen.

[An Grete Bloch, 11. Februar 1914; F 501]

Von der Litteratur aus gesehen ist mein Schicksal sehr einfach. Der Sinn für die Darstellung meines traumhaften innern Lebens hat alles andere ins Nebensächliche gerückt und es ist in einer schrecklichen Weise verkümmert und hört nicht auf zu verkümmern. Nichts anderes kann mich jemals zufrieden stellen.

[Tagebuch, 6. August 1914; KKAT 546]

Warum vergleichst du das innere Gebot mit einem Traum? Scheint es wie dieser sinnlos, ohne Zusammenhang, unvermeidlich, einmalig, grundlos beglückend oder ängstigend, nicht zur Gänze mitteilbar und zur Mitteilung drängend?

Alles das; – sinnlos, denn nur wenn ich ihr nicht folge, kann ich hier bestehen; ohne Zusammenhang, ich weiß nicht, wer es gebietet und worauf er abzielt; unvermeidlich, es trifft mich unvorbereitet und mit der gleichen Überraschung wie das Träumen den Schlafenden, der doch, da er sich schlafen legte, auf Träume gefaßt sein mußte. Es ist einmalig oder scheint wenigstens so, denn ich kann es nicht befolgen, es vermischt sich nicht mit dem Wirklichen und behält dadurch seine unberührte Einmaligkeit; es beglückt und ängstigt grundlos, allerdings viel seltener das erste als das zweite; es ist nicht mitteilbar, weil es nicht faßbar ist und es drängt zur Mitteilung aus demselben Grunde.

[Viertes Oktavheft, 7. Februar 1918; H 82]

[...] die eigentliche Beute steckt doch erst in der Tiefe der Nacht in der zweiten, dritten, vierten Stunde; wenn ich aber jetzt nicht spätestens um Mitternacht schlafen gehe, ins Bett gehe, bin ich, ist Nacht und Tag verloren.

[An Milena Jesenská, 26. August 1920; M 229]

Ich erinnerte mich daran wer ich bin, in Deinen Augen las ich keine Täuschung mehr, ich hatte den Traum-Schrecken (irgendwo wo man nicht hingehört, sich aufzuführen, als ob man zuhause sei) diesen Schrecken hatte ich in Wirklichkeit, ich mußte zurück ins Dunkel ich hielt die Sonne nicht aus [...].

[An Milena Jesenská, 14. September 1920; M 262 f.]

[...] Qual, das heißt einen Pflug durch den Schlaf – und durch den Tag – führen, das ist nicht zu ertragen.

[An Milena Jesenská, November 1920; M 301]

Nacht- und Tagträume

Ich bat im Traum die Tänzerin Eduardowa, sie möchte doch den Czardas noch einmal tanzen. Sie hatte einen breiten Streifen Schatten oder Licht mitten im Gesicht zwischen dem untern Stirnrand und der Mitte des Kinns. Gerade kam jemand mit den ekelhaften Bewegungen des unbewußten Intriganten, um ihr zu sagen, der Zug fahre gleich. Durch die Art wie sie die Meldung anhörte, wurde mir schrecklich klar, daß sie nicht mehr tanzen werde. »Ich bin ein böses schlechtes Weib nicht wahr?« sagte sie. Oh nein sagte ich das nicht und wandte mich in eine beliebige Richtung zum Gehn.

Vorher fragte ich sie über die vielen Blumen aus, die in ihrem Gürtel steckten. »Die sind von allen Fürsten Europas« sagte sie. Ich dachte nach, was das für einen Sinn habe, daß diese Blumen, die frisch in dem Gürtel steckten der Tänzerin Eduardowa von allen Fürsten Europas geschenkt worden waren.

[Tagebuch, ungefähr Mai 1909; KKAT 10][1]

In der ersten Prager Nacht träumte mir ich glaube, die ganze Nacht durch, (um diesen Traum hieng der Schlaf herum, wie ein Gerüst um einen Pariser Neubau) ich sei zum Schlaf in einem großen Hause einquartiert, das aus nichts anderem bestand als aus Pariser Droschken, Automobilen, Omnibussen u. s. w. die nichts anderes zu tun hatten, als hart aneinander vorüber, übereinander, untereinander zu fahren und von nichts anderem war Rede und Gedanke, als von Tarifen, correspondancen, Anschlüssen, Trinkgeldern, direction Pereire, falschem Geld u. s. w. Wegen dieses Traumes konnte ich schon nicht schlafen, da ich mich aber in den notwendigen Fragen nicht ordentlich auskannte, hielt ich selbst das Träumen nur mit der größten Anstrengung aus. Ich klagte im Innern, daß man mich, der ich nach der Reise Ausruhn so nötig hatte, in einem solchen Hause einquartieren mußte, gleichzeitig aber gab es in mir einen Parteigänger, der mit der drohenden Verbeugung französischer Ärzte (sie haben zugeknöpfte Arbeitsröcke) die Notwendigkeit dieser Nacht anerkannte.

[20. Oktober 1910, an Max und Otto Brod, BKB 80 f.] [2]

Eine schreckliche Erscheinung war heute in der Nacht ein blindes Kind scheinbar die Tochter meiner Leitmeritzer Tante die übrigens keine Tochter hat sondern nur Söhne, von denen einer einmal den Fuß gebrochen hatte. Dagegen waren zwischen diesem Kind und der Tochter Dr. Marschners Beziehungen, die, wie ich letzthin gesehen habe, auf dem Wege ist, aus einem hübschen Kind ein dickes steif angezogenes kleines Mädchen zu werden. Dieses blinde oder schwachsichtige Kind hatte beide Augen von einer Brille bedeckt, das linke unter dem ziemlich weit entfernten Augenglas war milchgrau und rund vortretend, das andere trat zurück und war von einem anliegenden Augenglas verdeckt. Damit dieses Augenglas optisch richtig eingesetzt sei, war es nötig statt des gewöhnlichen über das Ohr zurückgehenden Halters, einen Hebel anzuwenden, dessen Kopf nicht anders befestigt werden konnte als am Wangenknochen, so daß von diesem Augenglas ein Stäbchen zur Wange hinuntergieng, dort im durchlöcherten Fleisch verschwand und am Knochen endete, während ein neues Dratstäbchen heraustrat und über das Ohr zurückgieng.

[Tagebuch, 2. Oktober 1911; KKAT 50 f.] [3]

Traum von heute Nacht, den ich selbst früh noch nicht für schön hielt abgesehen von einer kleinen aus zwei Gegenbemerkungen bestehenden komischen Scene, die jenes ungeheuerliche Traumwohlgefallen zur Folge hatte, die ich aber vergessen habe. Ich gieng – ob gleich am Anfang Max dabei war weiß ich nicht – durch eine lange Häuserreihe in der Höhe des ersten bis 2ten Stockwerkes, so wie man in Durchgangszügen von einem Waggon zum andern geht. Ich gieng sehr rasch vielleicht auch weil manchmal das Haus so gebrechlich war, daß man schon deshalb eilte. Die Türen zwischen den Häusern fielen mir gar nicht auf, es war eben eine riesige Zimmerflucht und doch war nicht nur die Verschiedenheit der einzelnen Wohnungen sondern auch der Häuser zu erkennen. Es waren vielleicht lauter Zimmer mit Betten, durch die ich kam. Es ist mir ein typisches Bett in der Erinnerung geblieben, das seitwärts links von mir an der dunklen oder schmutzigen vielleicht dachbodenartig schiefen Wand steht, einen niedrigen Aufbau von Bettwäsche hat und dessen Decke, eigentlich nur ein grobes Leintuch, zusammengetreten von den Füßen dessen, der hier geschlafen hat in einem Zipfel hinunterhängt. Ich fühlte mich beschämt, zu einer Zeit, wo noch viele Leute in den Betten lagen, durch ihre Zimmer zu gehn, gieng daher auf den Fußspitzen mit großen Schritten, durch die ich irgendwie zu zeigen hoffte, daß ich nur gezwungen durchgehe, alles möglichst schone und schwach auftrete, daß mein Durchgehn förmlich gar nicht gelte. Deshalb drehte ich auch im gleichen Zimmer niemals den Kopf und sah nur entweder das was rechts zur Gasse zu, oder was links zur Rückwand zu lag. Die Reihe von Wohnungen war öfters von Bordellen unterbrochen, durch die ich aber, trotzdem ich scheinbar ihretwegen diesen Weg machte, besonders rasch gieng, so daß ich mir nichts als ihr Dasein gemerkt habe. Das letzte Zimmer aller Wohnungen war aber wieder ein Bordell und hier blieb ich. Die der Tür durch die ich eintrat gegenüberliegende Wand, also die letzte Wand der Häuserreihe war entweder aus Glas oder überhaupt durchbrochen und ich wäre beim Weitergehn hinuntergefallen. Es ist sogar wahrscheinlicher, daß sie durchbrochen war, denn es lagen gegen den Rand des Fußbodens die Dirnen, klar waren mir zwei, auf der Erde, der einen hieng der Kopf ein wenig über die Kante hinaus in die freie Luft hinunter. Links war eine feste Wand, dagegen war die Wand rechts nicht vollkommen, man sah in den Hof hinunter wenn auch nicht bis auf seinen Grund und eine baufällige graue Treppe führte in mehreren Abteilungen hinunter.

Nach dem Licht im Zimmer zu schließen, war der Plafond so wie in den andern Zimmern. Ich hatte hauptsächlich mit der Dirne zu tun, deren Kopf herabhieng, Max mit der links neben ihr liegenden. Ich betastete ihre Beine und blieb dann dabei, ihre Oberschenkel regelmäßig zu drücken. Mein Vergnügen dabei war so groß, daß ich mich wunderte, daß man für diese Unterhaltung, welche doch gerade die schönste war, noch nichts zahlen müsse. Ich war überzeugt daß ich und ich allein die Welt betrüge. Dann erhob die Dirne bei ruhenden Beinen ihren Oberleib und wandte mir den Rücken zu, der zu meinem Schrecken mit großen siegellackroten Kreisen mit erblassenden Rändern und dazwischen versprengten roten Spritzern bedeckt war. Jetzt bemerkte ich, daß ihr ganzer Körper davon voll war, daß ich meinen Daumen auf ihren Schenkeln in solchen Flecken hielt und daß auch auf meinen Fingern diese roten Partikelchen wie von einem zerschlagenen Siegel lagen. Ich trat zurück unter eine Anzahl Männer die an der Wand nahe der Mündung der Treppe, auf der ein kleiner Verkehr stattfand, zu warten schienen. Sie warteten so, wie Männer auf dem Land am Sonntagmorgen auf dem Markt zusammenstehen. Deshalb war auch Sonntag. Hier spielte sich auch die komische Szene ab, indem ein Mann, vor dem ich und Max Grund hatten sich zu fürchten, weggieng, dann die Treppe heraufkam, zu mir trat und während ich und Max mit Angst irgend eine schreckliche Drohung von ihm erwarteten, eine lächerlich einfältige Frage an mich stellte. Dann stand ich dort und sah besorgt zu wie Max ohne Angst in diesem Lokal irgendwo links auf der Erde saß und eine dicke Kartoffelsuppe aß, aus der die Kartoffeln als große Kugeln heraussahen, hauptsächlich eine. Er drückte sie mit dem Löffel, vielleicht mit 2 Löffeln in die Suppe hinein oder wälzte sie bloß.

[Tagebuch, 9. Oktober 1911; KKAT 70–73][4]

Ich träumte heute von einem windhundartigen Esel, der in seinen Bewegungen sehr zurückhaltend war. Ich beobachtete ihn genau weil ich mir der Seltenheit der Erscheinung bewußt war, behielt aber nur die Erinnerung daran zurück, daß mir seine schmalen

Menschenfüße wegen ihrer Länge und Gleichförmigkeit nicht gefallen wollten. Ich bot ihm frische, dunkelgrüne Cypressenbüschel an, die ich eben von einer alten Züricher Dame (das ganze spielte sich in Zürich ab) bekommen hatte, er wollte sie nicht, schnupperte nur leicht an ihnen; als ich sie aber dann auf einem Tisch liegen ließ, fraß er mir sie so vollständig auf, daß nur ein kaum zu erkennender kastanienähnlicher Kern übrig blieb. Später war die Rede davon, daß dieser Esel noch nie auf vieren gegangen sei, sondern sich immer menschlich aufrecht halte und seine silbrig glänzende Brust und das Bäuchlein zeige. Das war aber eigentlich nicht richtig.

Außerdem träumte ich von einem Engländer, den ich in einer Versammlung, ähnlich jener der Heilsarmee in Zürich kennen lernte. Es waren dort Sitze wie in der Schule, unter der Schreibplatte war nämlich noch ein offenes Fach; als ich einmal hineingriff um etwas zu ordnen, wunderte ich mich, wie leicht man auf der Reise Freundschaften schließt. Damit war offenbar der Engländer gemeint, der kurz darauf zu mir trat. Er hatte helle lose Kleider, die in sehr gutem Zustand waren, nur hinten an den Oberarmen war statt des Kleiderstoffes oder wenigstens über ihm festgenäht, ein grauer, faltiger, ein wenig hängender, streifig zerrissener, wie von Spinnen punktierter Stoff, der sowohl an die Ledereinlagen in Reithosen als auch an den Ärmelschutz der Nätherinnen, Ladenmädchen, Comptoiristinnen erinnerte. Sein Gesicht war gleichfalls mit einem grauen Stoff bedeckt, der sehr geschickte Ausschnitte für Mund, Augen, wahrscheinlich auch für die Nase hatte. Dieser Stoff war aber neu, gerauht eher flanelartig, sehr schmiegsam und weich, von ausgezeichnetem englischen Fabrikat. Mir gefiel das alles so, daß ich begierig war, mit dem Mann bekannt zu werden. Er wollte mich auch in seine Wohnung einladen; da ich aber schon übermorgen wegfahren mußte, zerschlug sich das. Ehe er die Versammlung verließ, zog er sich noch einige offenbar sehr praktische Kleidungsstücke an, die ihn nachdem er sie zugeknöpft hatte ganz unauffallend machten. Trotzdem er mich nicht zu sich einladen konnte, forderte er mich doch auf mit ihm auf die Gasse zu gehn. Ich folgte ihm, wir blieben gegenüber dem Versammlungslokal an einer Trottoirkante stehn, ich unten, er oben, und fanden wiederum nach einigem Gespräch, daß aus der Einladung nichts werden konnte. Dann träumte ich, daß Max Otto und ich die Gewohnheit hatten, unsere Koffer erst auf dem Bahnhof zu packen. Da trugen wir z. B. die Hemden durch die Haupthalle zu unsern entfernten Koffern. Trotzdem dies allgemeine Sitte zu sein schien, bewährte es sich bei uns nicht, besonders deshalb weil wir erst knapp vor dem Einfahren des Zuges zu packen anfiengen. Dann waren wir natürlich aufgeregt und hatten kaum Hoffnung noch den Zug zu erreichen, wie erst gute Plätze zu bekommen.

[Tagebuch, 29. Oktober 1911; KKAT 205–207][5]

[...] vorgestern geträumt: lauter Teater, ich einmal oben auf der Gallerie, einmal auf der Bühne, ein Mädchen, die ich vor paar Monaten gern gehabt hatte spielte mit, spannte ihren biegsamen Körper, als sie sich im Schrecken an einer Sessellehne festhielt; ich zeigte von der Gallerie auf das Mädchen, das eine Hosenrolle spielte, meinem Begleiter gefiel sie nicht. In einem Akt war die Dekoration so groß daß nichts anderes zu sehn war, keine Bühne, kein Zuschauerraum, kein Dunkel, kein Rampenlicht; vielmehr waren alle Zuschauer in großen Mengen auf der Scene, die den Altstädter Ring darstellte, wahrscheinlich von der Mündung der Niklasstraße aus gesehn. Trotzdem man infolgedessen den Platz vor der Rathausuhr und den kleinen Ring eigentlich nicht hätte sehen dürfen, war es doch durch kurze Drehungen und langsame Schwankungen des Bühnenbodens erreicht, daß man z. B. vom Kinskypalais aus den kleinen Ring überblicken konnte. Es hatte dies keinen Zweck, als womöglich die ganze Dekoration zu zeigen, da sie nun schon einmal in solcher Vollkommenheit da war und da es zum weinen schade gewesen wäre, etwas von dieser Dekoration zu übersehn, die, wie ich mir wohl bewußt war, die schönste Dekoration der ganzen Erde und aller Zeiten war. Die Beleuchtung war von dunklen, herbstlichen Wolken bestimmt. Das Licht der gedrückten Sonne erglänzte zerstreut in dieser oder jener gemalten Fensterscheibe der Südostseite des Platzes. Da alles in natürlicher Größe und ohne sich im kleinsten zu verraten ausgeführt war, machte es einen ergreifenden Eindruck, daß manche der Fensterflügel vom mäßigen Wind auf und zugeweht wurden, ohne daß man wegen der großen Höhe der Häuser einen Laut gehört hätte. Der Platz war stark abfallend, das Pflaster fast schwarz, die Teinkirche war an ihrem Ort vor ihr aber war ein kleines Kaiserschloß, in dessen Vorhof, alles was sonst an Monumenten auf dem Platze stand in großer Ordnung versammelt war: die Mariensäule, der alte Brunnen vor dem Rathaus, den ich selbst nie gesehen habe, der Brunnen vor der Niklaskirche und eine Plankeneinzäumung, die man jetzt um die Grundaushebung für das Husdenkmal aufgeführt hat. Dargestellt wurde – oft vergißt man im Zuschauerraum, daß nur dargestellt wird, wie erst auf der Bühne und in diesen Kulissen – ein kaiserliches Fest und eine Revolution. Die Revolution war so groß, mit riesigen den Platz aufwärts und abwärts geschickten Volksmengen, wie sie wahrscheinlich in Prag niemals stattgefunden hatte; man hatte sie offenbar nur wegen der Dekoration nach Prag verlegt, während sie eigentlich nach Paris gehörte. Vom Fest sah man zuerst nichts, der Hof war jedenfalls zu einem Feste ausgefahren, inzwischen war die Revolution losgebrochen, das Volk war ins Schloß eingedrungen, ich selbst lief gerade über die Vorsprünge der Brunnen im Vorhof ins Freie, die Rückkehr ins Schloß aber sollte dem Hofe unmöglich werden. Da kamen die Hofwagen von der Eisengasse her in so rasender Fahrt an, daß sie schon weit von der Schloßeinfahrt bremsen mußten und mit festgehaltenen Rädern über das Pflaster schleiften. Es waren Wägen, wie man sie bei Volksfesten und Umzügen sieht, auf denen lebende Bilder gestellt werden, sie waren also flach, mit einem Blumengewinde umgeben und von der Wagenplatte hieng ringsherum ein farbiges Tuch herab das die Räder verdeckte. Desto mehr wurde man sich des Schrekkens bewußt, den ihre Eile bedeutete. Sie wurden von den Pferden, die sich vor der Einfahrt bäumten, wie ohne Bewußtsein im Bogen von der Eisengasse zum Schloß geschleppt. Gerade strömten viele Menschen an mir vorüber auf den Platz hinaus, meist Zuschauer, die ich von der Gasse her kannte und die vielleicht gerade jetzt angekommen waren. Unter ihnen war auch ein bekanntes Mädchen, ich weiß aber nicht welches; neben ihr gieng ein junger eleganter Mann mit einem gelbbraunen kleinkarrierten Ulster, die Rechte tief in der

Tasche. Sie giengen zur Niklasstraße zu. Von diesem Augenblick an sah ich nichts mehr.

[Tagebuch, 9. November 1911; KKAT 239–241][6]

Heute mittag vor dem Einschlafen – ich schlief aber gar nicht ein – lag auf mir der Oberkörper einer Frau aus Wachs. Ihr Gesicht war über dem meinen zurückgebogen, ihr linker Unterarm drückte meine Brust.

[Tagebuch, 16. November 1911; KKAT 251]

Traum: Im Teater. Vorstellung »das weite Land« von Schnitzler bearbeitet von Utitz. Ich sitze ganz vorn in einer Bank, glaube in der ersten zu sitzen, bis sich schließlich zeigt, daß es die zweite ist. Die Rückenlehne der Bank ist der Bühne zugekehrt, so daß man den Zuschauerraum bequem, die Bühne erst nach einer Drehung sehen kann. Der Verfasser ist irgendwo in der Nähe, ich kann mit meinem schlechten Urteil über das Stück, das ich offenbar schon kenne nicht zurückhalten, füge aber dafür hinzu, daß der dritte Akt witzig sein soll. Mit diesem »soll« will ich wieder sagen, daß ich, wenn von den guten Stellen gesprochen wird, das Stück nicht kenne und mich auf das Hörensagen verlassen muß; dafür wiederhole ich diese Bemerkung noch einmal nicht nur für mich, aber doch von den andern nicht beachtet. Rings um mich herum ist ein großes Gedränge, alles scheint in seinen Winterkleidern gekommen zu sein und füllt daher die Plätze übermäßig aus. Leute neben mir, hinter mir die ich nicht sehe sprechen auf mich ein, zeigen mir Neuankommende, nennen die Namen, besonders werde ich auf ein durch eine Sesselreihe sich drängendes Ehepaar aufmerksam gemacht, da die Frau ein dunkelgelbes, männliches, langnasiges Gesicht hat und überdies soweit man im Gedränge aus dem ihr Kopf ragt sehen kann, Männerkleidung trägt; neben mir steht merkwürdig frei der Schauspieler Löwy, dem wirklichen aber sehr unähnlich und hält aufgeregte Reden, in denen das Wort »principium« sich

28

wiederholt, ich erwarte immerfort das Wort »tertium comparationis«, es kommt nicht. In einer Loge des zweiten Ranges eigentlich nur in einem Winkel der Gallerie, von der Bühne aus rechts, die sich dort an die Logen anschließt, steht irgend ein dritter Sohn der Familie Kisch hinter seiner sitzenden Mutter und redet in das Teater, angezogen in einen schönen Kaiserrock, dessen Flügel ausgebreitet sind. Die Reden des Löwy haben eine Beziehung zu diesen Reden. Unter anderem zeigt Kisch hoch oben auf eine Stelle des Vorhangs und sagt, dort sitzt der deutsche Kisch, damit meint er meinen Schulkollegen, der Germanistik studiert hat. Als der Vorhang aufgeht das Teater sich zu verdunkeln anfängt und Kisch so wie so verschwinden würde, zieht er um dies deutlicher zu machen, mit seiner Mutter die Gallerie aufwärts und weg, wieder alle Arme Röcke und Beine sehr ausgebreitet. Die Bühne liegt etwas tiefer als der Zuschauerraum, man schaut hinunter, das Kinn auf der Rückenlehne. Die Dekoration besteht hauptsächlich in zwei niedrigen dicken Säulen in der Mitte der Bühne. Ein Gastmahl wird dargestellt, an dem sich Mädchen und junge Männer beteiligen. Ich sehe wenig, denn obgleich mit Beginn des Spiels viele Leute gerade aus den ersten Bänken weggegangen sind offenbar hinter die Bühne, verdecken die zurückbleibenden Mädchen mit großen flachen, meist blauen über die ganze Länge der Bank hin- und herrückenden Hüten die Aussicht. Einen kleinen 10–15 jährigen Jungen sehe ich jedoch auf der Bühne besonders klar. Er hat trockenes, gescheiteltes, gerade geschnittenes Haar. Er weiß nicht einmal richtig die Serviette auf seine Oberschenkel zu legen, muß zu diesem Zweck aufmerksam hinunterschauen und soll in diesem Stück einen Lebemann spielen. Infolge dieser Beobachtung habe ich kein großes Vertrauen zu diesem Teater mehr. Die Gesellschaft auf der Bühne erwartet nun verschiedene Ankömmlinge die aus den ersten Zuschauerreihen auf die Bühne hinunter steigen. Das Stück ist aber auch nicht gut einstudiert. So kommt eine Schauspielerin Hackelberg eben an, ein Schauspieler spricht sie weltmännisch in seinem Fauteuil lehnend mit »Hackel-« an, bemerkt jetzt den Irrtum und korrigiert sich. Nun kommt ein Mädchen an, das ich kenne (Frankel heißt sie glaub ich), sie steigt gerade an meinem Platz über die Lehne, ihr Rücken ist als sie hinüber steigt, ganz nackt, die Haut nicht sehr rein über der rechten Hüfte ist sogar eine aufgekratzte, blutunterlaufene Stelle, in der Größe eines Türknopfes. Sie spielt dann aber, als sie sich auf der Bühne wendet und mit reinem Gesicht dasteht, sehr gut. Nun soll ein singender Reiter aus der Ferne im Galopp sich nähern, ein Klavier täuscht das Hufeklappern vor man hört den sich nähernden stürmischen Gesang, endlich sehe ich auch den Sänger der um dem Gesang das natürliche Anschwellen des eilend herannahenden zu geben, die Gallerie oben entlang läuft zur Bühne. Noch ist er nicht bei der Bühne auch mit dem Lied noch nicht zuende und doch hat er das Äußerste an Eile und schreiendem Gesang hergegeben, auch das Klavier kann nicht mehr deutlicher die auf Steine schlagenden Hufe nachahmen. Daher lassen beide ab und der Sänger kommt mit ruhigem Gesang heran, nur macht er sich so klein, daß nur sein Kopf über die Galleriebrüstung ragt, damit man ihn nicht so deutlich sieht. Damit ist der erste Akt zuende, aber der Vorhang geht nicht hinunter, auch das Teater bleibt dunkel. Auf der Bühne sitzen 2 Kritiker auf dem Boden und schreiben mit dem Rücken an einer Dekoration lehnend. Ein Dramaturg oder Regisseur mit blondem Spitzbart kommt auf die Bühne gesprungen, im Flug noch streckt er eine Hand zu einer Anordnung aus; in der andern Hand trägt er eine Weintraube, die früher auf einer Obstschale des Gastmahls lag und ißt von ihr. Wieder dem Zuschauerraum zugewendet, sehe ich, daß er mit einfachen Petroleumlaternen beleuchtet ist, die wie in Gassen auf einfachen Kandelabern aufgesteckt sind und jetzt natürlich nur ganz schwach brennen. Plötzlich, unreines Petroleum oder eine schadhafte Stelle im Docht wird die Ursache sein, spritzt das Licht aus einer solchen Laterne und Funken gehn in breitem Stoße auf die Zuschauer nieder die für den Blick nicht zu entwirren sind und eine Masse schwarz wie Erde bilden. Da steht ein Herr aus dieser Masse auf, geht förmlich auf ihr näher zur Laterne hin, will offenbar die Sache in Ordnung bringen, schaut aber zuerst zur Laterne hinauf, bleibt ein Weilchen so neben ihr stehn und als nichts geschieht, geht er ruhig wieder zu seinem Platz zurück, in dem er versinkt. (Ich verwechsle mich mit ihm und neige das Gesicht ins Schwarze.)

[Tagebuch, 19. November 1911; KKAT 253–258][7]

Traum eines Bildes, angeblich von Ingres. Die Mädchen im Wald in tausend Spiegeln oder eigentlich: Die Jungfrauen u.s.w. Ähnlich gruppiert und luftig gezogen wie auf den Vorhängen der Teater war rechts im Bild eine Gruppe dichter beisammen nach links hin saßen und lagen sie auf einem riesigen Zweig oder einem fliegenden Band oder schwebend aus eigener Kraft in einer gegen den Himmel langsam ansteigenden Kette. Und nun spiegelten sie sich nicht nur gegen den Zuschauer hin sondern auch von ihm weg, wurden undeutlicher und vielfacher, was das Auge an Einzelheiten verlor gewann es an Fülle. Vorn aber stand ein von den Spiegelungen unbeeinflußtes nacktes Mädchen auf ein Bein gestützt mit vortretender Hüfte. Hier war Ingres Zeichenkunst zu bewundern, nur fand ich eigentlich mit Wohlgefallen, daß zuviel wirkliche Nacktheit auch für den Tastsinn an diesem Mädchen übriggeblieben war. Von einer durch sie verdeckten Stelle gieng ein Schimmer gelblich blassen Lichtes aus.

[Tagebuch, 20. November 1911; KKAT 258 f.] [8]

Ein Hund lag mir auf dem Leib, eine Pfote nahe beim Gesicht, ich erwachte davon, aber hatte noch ein Weilchen Furcht, die Augen aufzumachen und ihn anzusehn.

[Tagebuch, 13. Dezember 1911; KKAT 289]

Vor dem Einschlafen hatte ich gestern die zeichnerische Vorstellung einer für sich bergähnlich in der Luft abgesonderten Menschengruppe, die mir in ihrer zeichnerischen Technik vollständig neu und einmal erfunden leicht ausführbar schien. Um einen Tisch war eine Gesellschaft versammelt, der Erdboden verlief etwas weiter als der Menschenkreis, von allen Leuten aber sah ich vorläufig mit einer großen Gewalt des Blickes nur einen jungen Mann in altertümlichem Kleid. Den linken Arm hatte er auf dem Tisch aufgestützt, die Hand hieng lose über seinem Gesicht, das spielerisch zu jemandem aufschaute, der sich besorgt oder fragend über ihn bückte. Sein Körper besonders das rechte Bein war mit nachlässiger Jugendlichkeit gestreckt, er lag mehr als er saß. Die zwei deutlichen Linienpaare, welche die Beine begrenzten, kreuzten und verbanden sich leicht zu den Grenzlinien des Körpers. Mit schwacher Körperlichkeit wölbten sich zwischen diesen Linien die bleich gefärbten Kleider. Vor Erstaunen über diese schöne Zeichnung die mir im Kopfe eine Spannung erzeugte, die meiner Überzeugung nach dieselbe undzwar dauernde Spannung war, von der, wann ich wollte, der Bleistift in der Hand geführt werden könnte, zwang ich mich aus dem dämmernden Zustand heraus, um die Zeichnung besser durchdenken zu können. Da fand sich allerdings bald, daß ich mir nichts anderes vorgestellt hatte, als eine kleine Gruppe aus grauweißem Porcellan.

[Tagebuch, 16. Dezember 1911; KKAT 296 f.]

Traum vor kurzem: Ich fuhr mit meinem Vater durch Berlin in der Elektrischen. Das Großstädtische war vorgestellt von unzähligen regelmäßig aufrechtstehenden zweifarbig gestrichenen, am Ende stumpf abgeglätteten Schlagbäumen. Sonst war alles fast leer, aber das Gedränge dieser Schlagbäume war groß. Wir kamen vor ein Tor, stiegen ohne es zu fühlen aus, traten durch das Tor ein. Hinter dem Tor stieg eine sehr steile Wand aufwärts, die mein Vater fast tanzend erstieg, die Beine flogen ihm dabei so leicht wurde es ihm. Es lag sicher auch einige Rücksichtslosigkeit darin, daß er mir gar nicht half, denn ich kam nur mit der äußersten Mühe, auf allen Vieren, häufig wieder zurückrutschend hinauf, als sei die Wand unter mir steiler geworden. Peinlich war dabei auch, daß sie mit Menschendreck bedeckt war, so daß mir Flocken davon vor allem auf der Brust hängen blieben. Ich sah sie mit geneigtem Gesicht an und fuhr mit der Hand darüber hin. Als ich endlich oben war, flog mir gleich mein Vater, der schon aus dem Innern eines Gebäudes kam, an den Hals und küßte und drückte mich. Er hatte einen mir aus der Erinnerung gut bekannten altmodischen, kurzen, im innern sophaartig gepolsterten Kaiserrock an. »Dieser Dr. von Leyden! Das ist doch ein ausgezeichneter Mensch« rief er immer wieder. Er hatte ihn aber durchaus nicht als Arzt besucht sondern nur als kennenswerten Mann. Ich hatte ein wenig Angst, daß ich auch zu ihm hineinmüßte, es wurde aber nicht verlangt. Links hinter mir sah ich in einem förmlich mit lauter Glaswänden umgebenen Zimmer einen Mann sitzen, der mir den Rücken zuwandte. Es zeigte sich, daß dieser Mann der Sekretär des Professors war, daß mein Vater tatsächlich nur mit ihm gesprochen hatte und nicht mit dem Professor selbst, daß er aber irgendwie durch den Sekretär hindurch die Vorzüge des Professors leibhaftig erkannt hatte, so daß er in jeder Hinsicht zu einem Urteil über den Professor genau so berechtigt war, wie wenn er persönlich mit ihm gesprochen hätte.

[Tagebuch, 6. Mai 1912; KKAT 419f.] [9]

Ich träume, daß ich Goethe deklamieren höre, mit einer unendlichen Freiheit und Willkür.

[Reisetagebuch, 10. Juli 1912; KKAT 1042] [10]

Ein Traum: Die Luftbadgesellschaft vernichtet sich mittelst einer Rauferei. Nachdem die in zwei Gruppen geteilte Gesellschaft mit einander gespaßt hat, tritt aus der einen Gruppe einer vor und ruft der andern zu: »Lustron und Kastron!« Die andern: »Wie? Lustron und Kastron?« Der eine: »Allerdings.« Beginn der Rauferei.

[Reisetagebuch, 15. Juli 1912; KKAT 1047] [11]

Als ich heute nachmittag im Bett lag und jemand einen Schlüssel im Schloß rasch umdrehte, hat ich einen Augenblick lang Schlösser auf dem ganzen Körper wie auf einem Kostümball und in kurzen Zwischenräumen wurde einmal hier einmal dort ein Schloß geöffnet oder zugesperrt.

[Tagebuch, 30. August 1912; KKAT 433]

Ein Traum: Ich befand mich auf einer aus Quadern weit ins Meer hineingebauten Landzunge. Irgendjemand oder mehrere Leute waren mit mir, aber das Bewußtsein meiner selbst war so stark, daß ich von ihnen kaum mehr wußte, als daß ich zu ihnen sprach. Erinnerlich sind mir nur die erhobenen Knie eines neben mir Sitzenden. Ich wußte zuerst nicht eigentlich wo ich war, erst als ich mich einmal zufällig erhob, sah ich links vor mir und rechts hinter mir, das weite klar umschriebene Meer mit vielen reihenweise aufgestellten, fest verankerten Kriegsschiffen. Rechts sah man Newyork, wir waren im Hafen von Newyork. Der Himmel war grau aber gleichmäßig hell. Ich drehte mich frei, der Luft von allen Seiten ausgesetzt auf meinem Platze hin und her, um alles sehn zu können. Gegen Newyork zu, gieng der Blick ein wenig in die Tiefe, gegen das Meer zu gieng er empor. Nun bemerkte ich auch, daß das Wasser neben uns hohe Wellen schlug und ein ungeheuerer fremdländischer Verkehr sich auf ihm abwickelte. In Erinnerung ist mir nur, daß statt unserer Flöße lange Stämme zu einem riesigen runden Bündel zusammengeschnürt waren, das in der Fahrt immer wieder mit der Schnittfläche je nach der Höhe der Wellen mehr oder weniger auftauchte und dabei auch noch der Länge nach sich in dem Wasser wälzte. Ich setzte mich, zog die Füße an mich, zuckte vor Vergnügen, grub mich vor Behagen förmlich in den Boden ein und sagte: Das ist ja noch interessanter als der Verkehr auf dem Pariser Boulevard.

[Tagebuch, 11. September 1912; KKAT 436 f.] [12]

Vorgestern in der Nacht träumte ich zum zweiten Mal von Dir. Ein Briefträger brachte mir zwei Einschreibebriefe von Dir und zwar reichte er mir sie, in jeder Hand einen, mit einer prachtvoll präcisen Bewegung der Arme, die wie die Kolbenstangen einer Dampfmaschine zuckten. Gott, es waren Zauberbriefe. Ich konnte soviel beschriebene Bogen aus den Umschlägen ziehn, sie wurden nicht leer. Ich stand mitten auf einer Treppe und mußte die gelesenen Bogen, nimm es mir nicht übel, auf die Stufen werfen, wollte ich die weiteren Briefe aus den Umschlägen herausnehmen. Die ganze Treppe nach oben und unten war von diesen gelesenen Briefen hoch bedeckt und das lose aufeinandergelegte, elastische Papier rauschte mächtig.

[An Felice Bauer, 17. November 1912; F 101][13]

Liebste, ich habe heute wohl während des ganzen Schlafes von Dir geträumt, erinnerlich sind mir aber nur zwei Träume. Ich habe mich gleich nach dem Erwachen trotz starken Widerstandes bemüht, sie zu vergessen, denn es waren schreckliche Wahrheiten aufdringlich und überdeutlich in ihnen, so wie sie in dem mattern Tagesleben niemals zum Durchbruch kommen können. Ich will sie nur ganz oberflächlich und kurz erzählen, trotzdem sie sehr verwikkelt und voll Details waren, die noch jetzt in mir drohn. Der erste knüpfte an Deine Bemerkung an, daß Ihr direkt aus dem Bureau telegraphieren könnt. Ich konnte also aus meinem Zimmer auch direkt telegraphieren, der Apparat stand sogar neben meinem Bett, wohl ähnlich, wie Du den Tisch zum Bett zu rücken pflegst. Es war ein besonders stacheliger Apparat und ich fürchtete mich, so wie ich mich vor dem Telephonieren fürchte, auch vor diesem Telegraphieren. Aber telegraphieren mußte ich Dir in irgendeiner übergroßen Sorge um Dich und in einem wilden, mich gewiß aus dem Bett aufreißenden Verlangen nach einer augenblicklichen Nachricht von Dir. Glücklicherweise war sofort meine jüngste Schwester da und begann für mich zu telegraphieren. Meine Sorge um Dich macht mich erfinderisch, leider nur im Traum. Der Apparat war derartig konstruiert, daß man nur auf einen Knopf drücken mußte und sofort erschien auf dem Papierbändchen die Antwort aus Berlin. Ich erinnere mich, wie ich starr vor Spannung auf das zuerst sich ganz leer abwickelnde Bändchen sah, trotzdem dies nicht anders zu erwarten war, denn solange man Dich in Berlin nicht zum Apparat geholt hatte, konnte ja keine Antwort kommen. Was war das für eine Freude, als die ersten Schriftzeichen auf dem Bändchen erschienen; ich hätte eigentlich aus dem Bett fallen müssen, als so stark habe ich die Freude in der Erinnerung. Es kam nun ein richtiger Brief, den ich ganz genau lesen konnte, an dessen größten Teil ich mich vielleicht sogar erinnern könnte, wenn ich dazu Lust hätte. So will ich nur sagen, daß ich in dem Brief in lieber, mich beglückender Weise wegen meiner Unruhe ausgescholten wurde. Ich wurde ein ›Nimmersatt‹ genannt und es wurden die Briefe und Karten aufgezählt, die ich in der letzten Zeit bekommen hatte oder die auf dem Wege waren.

Im zweiten Traum warst Du blind. Ein Berliner Blindeninstitut hatte einen gemeinsamen Ausflug in ein Dorf gemacht, in dem ich mit meiner Mutter auf Sommerfrische wohnte. Wir bewohnten ein hölzernes Häuschen, dessen Fenster mir genau in der Erinnerung ist. Dieses Häuschen lag inmitten eines großen, auf einem Abhang gelegenen Gutskomplexes. Vom Häuschen aus links war eine Glasveranda, in welcher der größte Teil der blinden Mädchen untergebracht war. Ich wußte, daß Du unter ihnen seist und hatte den Kopf voll unklarer Pläne, wie ich es anstellen könnte, Dir zu begegnen und mit Dir zu reden. Immer wieder verließ ich unser Häuschen, überschritt die Planke, die vor der Tür über den morastigen Boden gelegt war, und kehrte, ohne Dich gesehen zu haben, unentschlossen immer wieder zurück. Auch meine Mutter ging planlos herum, sie hatte ein sehr einförmiges Kleid, eine Art Nonnentracht, und die Arme an die Brust gelegt, wenn auch nicht gerade gekreuzt. Sie machte Anspruch darauf, von den blinden Mädchen verschiedene Dienstleistungen zu bekommen und bevorzugte in dieser Hinsicht ein Mädchen in schwarzem Kleid mit rundem Gesicht, dessen eine Wange aber derartig tiefgehend vernarbt war, als wäre sie einmal völlig zerfleischt worden. Die Mutter lobte auch mir gegenüber die Klugheit und Bereitwilligkeit dieses Mädchens, ich sah sie auch eigens an und nickte, dachte aber nur daran, daß sie Deine Kollegin sei und wohl wissen werde, wo Du zu finden wärest. Plötzlich hatte alle verhältnismäßige Ruhe ein Ende, vielleicht wurde zum Aufbruch geblasen, jedenfalls sollte das Institut weitermarschieren. Nun war aber auch mein Entschluß gefaßt und ich lief den Abhang hinunter, durch eine kleine eine Mauer durchbrechende Tür, da ich gesehen zu haben glaubte, daß der Abmarsch sich in dieser Richtung vollziehen werde. Unten traf ich allerdings in Reih und Glied aufgestellt eine Anzahl kleiner blinder Jungen mit ihrem Lehrer. Ich ging hinter ihnen auf und ab, denn ich dachte, jetzt werde das ganze

Institut herankommen und ich würde mit Leichtigkeit Dich finden und ansprechen können. Ich hielt mich gewiß ein wenig zu lange hier auf, versäumte auch, mich nach der Art des Abmarsches zu erkundigen und vertrödelte die Zeit, indem ich zusah, wie ein blinder Säugling – in dem Institut waren eben alle Altersstufen vertreten – auf einem steinernen Postament ausgepackt und wieder eingewickelt wurde. Endlich aber schien mir die sonst überall herrschende Stille verdächtig und ich erkundigte mich bei dem Lehrer, warum denn das übrige Institut nicht komme. Nun erfuhr ich zu meinem Schrecken, daß hier nur die kleinen Jungen abmarschieren sollten, während alle andern gerade jetzt durch den andern Ausgang ganz oben auf dem Berg sich entfernen. Zum Trost sagte er mir noch – er rief es mir nach, denn ich lief schon wie toll – daß ich noch rechtzeitig ankommen dürfte, da die Gruppierung der blinden Mädchen natürlich lange Zeit in Anspruch nehme. Ich lief also den jetzt ungemein steilen und sonnigen Weg entlang einer kahlen Mauer hinauf. In der Hand hielt ich plötzlich ein riesiges österreichisches Gesetzbuch, das zu tragen mir sehr beschwerlich war, das mir aber irgendwie dabei behilflich sein sollte, Dich zu finden und richtig mit Dir zu reden. Auf dem Weg aber fiel mir ein, daß Du ja blind seist, daß daher mein Aussehn und äußerliches Benehmen den Eindruck, den ich auf Dich machen werde, glücklicherweise nicht beeinflussen könne. Nach dieser Überlegung hätte ich das Gesetzbuch als eine unnötige Last am liebsten weggeworfen. Endlich kam ich oben an, es war tatsächlich noch Zeit in Hülle und Fülle, das erste Paar hatte das Eingangsportal noch gar nicht verlassen. Ich stellte mich also bereit, sah Dich im Geiste im Gedränge der Mädchen schon herankommen, die Augenlider gesenkt, steif und still.

[An Felice Bauer, 7./8. Dezember 1912; F 165–167][14]

Ich schlafe jetzt immer regelrecht bis 1/4 9 und ich habe auch richtig den Auftrag gegeben, daß man mich heute um 7 Uhr schon weckt, und man hat mich auch um 7 geweckt, wie ich beim endgültigen Aufwachen um 1/4 9 dunkel mich erinnern konnte. Aber dieses

Aufwecken hat mich nicht mehr gestört, als meine jetzt wütend deutlichen Träume. (Gestern habe ich z. B. ein rasendes Gespräch mit Paul Ernst gehabt, es ging Schlag auf Schlag, er war dem Vater von Felix ähnlich. Von Morgen ab wird er täglich 2 Geschichten schreiben.)

[An Max Brod, wahrscheinlich 16. November 1912; BKB 120] [15]

Den alten Traum soll ich noch erzählen? Warum gerade den alten, da ich doch fast jede Nacht von Dir träume? Denke nur, heute nacht habe ich Verlobung mit Dir gefeiert. Es sah schrecklich, schrecklich unwahrscheinlich aus und ich weiß auch nicht mehr viel davon. Die ganze Gesellschaft saß in einem halbdunklen Zimmer an einem langen Holztisch, dessen schwarze Platte von keinem Tuch bedeckt war. Ich saß unten am Tisch zwischen unbekannten Leuten, Du standest aufrecht, genug weit von mir entfernt, weiter oben, schief mir gegenüber. Ich legte vor Verlangen nach Dir den Kopf auf den Tisch und spähte zu Dir hinüber. Deine Augen, die auf mich gerichtet waren, waren dunkel, aber in der Mitte jedes Auges war ein Punkt, der glänzte wie Feuer und Gold. Dann zerstreute sich mir der Traum, ich bemerkte, wie das bedienende Dienstmädchen hinter dem Rücken der Gäste eine dickflüssige Speise, die es in einem braunen Töpfchen zu servieren hatte, verkostete und den Löffel wieder in die Speise steckte. Darüber gerieth ich in die größte Wut und führte das Mädchen – es stellte sich nun heraus, daß das ganze in einem Hotel stattfand und daß das Mädchen eine Hotelangestellte war – hinunter in die ungeheueren Geschäftsräume des Hotels, wo ich bei den maßgebenden Personen über das Benehmen des Mädchens Klage führte, ohne übrigens viel zu erreichen. Dann verlief sich der Traum in maßlosen Reisen und maßloser Eile. Was sagst Du dazu? Den alten Traum habe ich aber eigentlich noch klarer im Kopf als diesen, aber heute erzähle ich ihn nicht mehr.

[An Felice Bauer, 3. / 4. Januar 1913; F 228 f.] [16]

Sehr spät, Liebste, und doch werde ich schlafen gehn, ohne es zu verdienen. Nun, ich werde ja auch nicht schlafen, sondern nur träumen. Wie gestern z. B., wo ich im Traum zu einer Brücke oder einem Quaigeländer hinlief, zwei Telephonhörmuscheln, die dort zufällig auf der Brüstung lagen, ergriff und an die Ohren hielt und nun immerfort nichts anderes verlangte, als Nachrichten vom ›Pontus‹ zu hören, aber aus dem Telephon nichts und nichts zu hören bekam, als einen traurigen, mächtigen, wortlosen Gesang und das Rauschen des Meeres. Ich begriff wohl, daß es für Menschenstimmen nicht möglich war, sich durch diese Töne zu drängen, aber ich ließ nicht ab und ging nicht weg.

[An Felice Bauer, 22. / 23. Januar 1913; F 264]

Kaum hast Du unsere Zusammenkunft in Berlin beschrieben, habe ich schon von ihr geträumt. Vielerlei, aber ich weiß kaum mehr etwas Deutliches darüber zu sagen, nur das allgemeine Gefühl einer Mischung von Trauer und Glück habe ich noch von jenem Traum in mir. Wir gingen auch auf der Gasse spazieren, die Gegend ähnelte merkwürdig dem Altstädter Ring in Prag, es war nach 6 Uhr abends (möglicherweise war dies die wirkliche Zeit des Traumes), wir gingen zwar nicht eingehängt, aber wir waren einander noch näher, als wenn man eingehängt ist. Ach Gott, es ist schwer, auf dem Papier die Erfindung zu beschreiben, die ich gemacht hatte, um nicht eingehängt, nicht auffällig und doch ganz nahe bei Dir zu gehn; damals, als wir über den Graben gingen, hätte ich es Dir zeigen können, nur dachten wir damals nicht daran. Du eiltest geradeaus ins Hotel, und ich stolperte zwei Schritte von Dir entfernt auf dem Trottoirrand vorwärts. Wie soll ich es also nur beschreiben, wie wir im Traum gegangen sind! Während beim bloßen Einhängen sich die Arme nur an zwei Stellen berühren und jeder einzelne seine Selbständigkeit behält, berührten sich unsere Schultern und die Arme lagen der ganzen Länge nach aneinander. Aber warte, ich

zeichne es auf. Eingehängtsein ist so: Wir aber gingen so:

[An Felice Bauer, 11. / 12. Februar 1913; F 294] [17]

39

Das Fenster war offen, ich sprang in meinen zerworfenen Gedanken viertelstundenlang ununterbrochen aus dem Fenster, dann kamen wieder Eisenbahnzüge und einer hinter dem andern fuhr über meinen auf den Schienen liegenden Körper und vertiefte und verbreiterte die zwei Schnitte im Hals und in den Beinen.

[An Felice Bauer, 28. März 1913; F 347][18]

In der vorletzten oder vorvorletzten Nacht träumte ich fortwährend von Zähnen; es waren nicht Zähne im Gebiß geordnet, sondern es war eine Masse genau, wie in den Geduldspielen der Kinder, zusammengefügter Zähne, die alle unter einander von meinen Kiefern gelenkt in schiebender Bewegung waren. Ich wandte alle Kraft an, um etwas zum Ausdruck zu bringen, was mir vor allem andern am Herzen lag; die Bewegungen dieser Zähne, die Lücken zwischen ihnen, ihr Knirschen, das Gefühl wenn ich sie lenkte – alles hatte irgendeine genaue Beziehung zu einem Gedanken, einem Entschlusse, einer Hoffnung, einer Möglichkeit, die ich durch dieses ununterbrochene Beißen erfassen, halten, verwirklichen wollte. Ich gab mir solche Mühe, manchmal schien es möglich, manchmal dachte ich, ich wäre mitten im Erfolg, und als ich früh endgültig aufwachen sollte, schien es mir beim halben Öffnen der Augen, alles sei gelungen, die Arbeit der langen Nacht sei nicht vergeblich gewesen, die endgültige, unveränderliche Zusammenstellung der Zähne habe eine zweifellose glückbringende Bedeutung, und es kam mir unbegreiflich vor, daß ich das während der Nacht nicht längst erkannt hatte und so hoffnungslos gewesen war, ja gemeint hatte, das deutliche Träumen schade dem Schlaf. Dann aber wurde ich gänzlich wach [...].

[An Felice Bauer, 4./5. April 1913; F 355]

Letzthin habe ich übrigens ganz wild durcheinander von Dir, von Max und seiner Frau geträumt. Wir waren in Berlin und fanden unter anderem alle Grunewaldseen, die Du mir in Wirklichkeit gar nicht zeigen konntest, mitten in der Stadt, einen hinter dem andern. Vielleicht war ich bei dieser Entdeckung allein, ich wollte wahrscheinlich zu Dir gehn, verirrte mich fast mutwillig, sah irgendwelche merkwürdige, grauschwarze, undeutbare Erscheinungen von einem Quai aus, fragte einen Vorübergehenden um Auskunft, erfuhr, daß es die Grunewaldseen waren und daß ich, zwar mitten in der Stadt, aber doch sehr weit von Dir entfernt war. Dann waren wir auch in Wannsee, wo es Dir nicht gefallen hat (diese wirkliche Bemerkung lag mir während dieses Träumens immerfort in den Ohren), man trat durch eine Gittertür wie in einen Park oder einen Friedhof und erlebte vieles, für dessen Erzählung schon zu spät ist. Ich müßte auch zu sehr in mir bohren, um mich daran noch zu erinnern.

[An Felice Bauer, 11. April 1913; F 363][19]

Heute habe ich im Traum ein neues Verkehrsmittel für einen abschüssigen Park erfunden. Man nimmt einen Ast, der nicht sehr stark sein muß, stemmt ihn schief gegen den Boden, das eine Ende behält man in der Hand setzt sich möglichst leicht darauf, wie im Damensattel, der ganze Zweig rast dann natürlich den Abhang hinab, da man auf dem Ast sitzt wird man mitgenommen und schaukelt behaglich in voller Fahrt auf dem elastischen Holz. Es findet sich dann auch eine Möglichkeit, den Zweig zum Aufwärtsfahren zu verwenden. Der Hauptvorteil liegt abgesehen von der Einfachheit der ganzen Vorrichtung darin, daß der Zweig dünn und beweglich wie er ist, er kann ja gesenkt und gehoben werden nach Bedarf überall durchkommt, wo selbst ein Mensch allein schwer durchkäme.

[Tagebuch, 21. Juli 1913; KKAT 567]

Mitten in der Nacht bekam ich in meiner Hilflosigkeit einen förmlichen Irrsinnsanfall, die Vorstellungen ließen sich nicht mehr beherrschen, alles ging auseinander, bis mir in der größten Not die

Vorstellung eines schwarzen napoleonischen Feldherrnhutes zu Hilfe kam, der sich über mein Bewußtsein stülpte und es mit Gewalt zusammenhielt. Dabei klopfte das Herz geradezu prächtig, und ich warf die Decke ab, trotzdem das Fenster vollständig offen und die Nacht ziemlich kühl war.

[An Felice Bauer, 6. August 1913; F 436]

Trostlos. Heute im Halbschlaf am Nachmittag: Schließlich muß mir doch das Leid den Kopf sprengen. Undzwar an den Schläfen. Was ich bei dieser Vorstellung sah, war eigentlich eine Schußwunde, nur waren um das Loch herum die Ränder mit scharfen Kanten aufrecht aufgestülpt, wie bei einer wild aufgerissenen Blechbüchse.

[Tagebuch, 15. Oktober 1913; KKAT 585][20]

Traum: Auf einem ansteigenden Weg lag etwa in der Mitte der Steigung undzwar hauptsächlich in der Fahrbahn von unten gesehn links beginnend Unrat oder festgewordener Lehm, der gegen rechts hin durch Abbröckelung immer niedriger geworden war, während er links hoch wie Palissaden eines Zaunes stand. Ich gieng rechts wo der Weg fast frei war und sah auf einem Dreirad einen Mann von unten mir entgegenkommen und scheinbar geradewegs gegen das Hindernis fahren. Es war ein Mann wie ohne Augen zumindest sahen seine Augen wie verwischte Löcher aus. Das Dreirad war wackelig, fuhr zwar entsprechend unsicher und gelockert, aber doch geräuschlos, fast übertrieben still und leicht. Ich faßte den Mann im letzten Augenblick, hielt ihn als wäre er die Handhabe seines Fahrzeugs und lenkte dieses in die Bresche durch die ich gekommen war. Da fiel er gegen mich hin, ich war nun riesengroß und hielt ihn doch nur in einer gezwungenen Haltung, zudem begann das Fahrzeug als sei es nun herrenlos zurückzufahren, wenn auch langsam und zog mich mit. Wir kamen an einem Leiterwagen vorüber auf dem einige Leute gedrängt standen, alle dunkel geklei-

det, unter ihnen war ein Pfadfinderjunge mit hellgrauem aufge-
krempelten Hut. Von diesem Jungen, den ich schon aus einiger
Entfernung erkannt hatte, erwartete ich Hilfe, aber er wendete sich
ab und drückte sich zwischen die Leute. Dann kam hinter diesem
Leiterwagen – das Dreirad rollte immer weiter und ich mußte tief
hinabgebückt mit gespreizten Beinen nach – jemand mir entgegen,
der mir Hilfe brachte, an den ich mich aber nicht erinnern kann.
Nur das weiß ich, daß es ein vertrauenswürdiger Mensch war, der
sich jetzt wie hinter einem schwarzen ausgespannten Stoff verbirgt
und dessen Verborgensein ich achten soll.

[Tagebuch, 17. November 1913; KKAT 592 f.]²¹

Traum: Das französische Ministerium, vier Männer, sitzt um einen
Tisch. Es findet eine Beratung statt. Ich erinnere mich an den an der
rechten Längsseite sitzenden Mann mit einem im Profil flach gedrückten Gesicht, gelblicher Hautfarbe, weit vorspringender (infolge des Plattgedrücktseins) so weit vorspringender ganz gerader
Nase und einem ölig schwarzen, den Mund überwölbenden, starken Schnurrbart.

[Tagebuch, 21. November 1913; KKAT 595 f.]

Traum gegen Morgen: Ich sitze im Garten eines Sanatoriums beim
langen Tisch, sogar am Kopfende, so daß ich im Traum eigentlich
meinen Rücken sehe. Es ist ein trüber Tag, ich muß wohl einen
Ausflug gemacht haben und bin in einem Automobil, das im
Schwung bei der Rampe vorfuhr, vor kurzem angekommen. Man
soll gerade das Essen auftragen, da sehe ich eine der Bedienerinnen,
ein junges zartes Mädchen, in sehr leichtem oder aber schwanken-
dem Gang, mit einem Kleid in Herbstblätterfarben, durch die Säu-
lenhalle, die als Vorbau des Sanatoriums diente herankommen und
in den Garten herabsteigen. Ich weiß noch nicht, was sie will, aber
zeige doch fragend auf mich, um zu erfahren, ob sie mich meine. Sie
bringt mir wirklich einen Brief. Ich denke das kann nicht der Brief

sein, den ich erwarte, es ist ein ganz dünner Brief und eine fremde dünne unsichere Schrift. Aber ich öffne ihn und es kommt eine große Anzahl dünner vollbeschriebener Papiere heraus, allerdings ist auf allen die fremde Schrift. Ich fange zu lesen an, blättere in den Papieren und erkenne daß es doch ein sehr wichtiger Brief sein muß und offenbar von F.'s jüngster Schwester ist. Ich fange mit Begierde zu lesen an, da sieht mir mein rechter Nachbar, ich weiß nicht ob Mann oder Frau, wahrscheinlich ein Kind, über meinen Arm in den Brief. Ich schreie: »Nein!« Die Tafelrunde nervöser Leute fängt zu zittern an. Ich habe wahrscheinlich ein Unglück angerichtet. Ich versuche mit einigen raschen Worten mich zu entschuldigen, um wieder gleich lesen zu können. Ich beuge mich auch wieder zu meinem Brief, da erwache ich unweigerlich, wie von meinem eigenen Schrei geweckt. Ich zwinge mich bei klarem Bewußtsein mit Gewalt wieder in den Schlaf zurück, die Situation zeigt sich tatsächlich wieder, ich lese noch rasch zwei drei nebelhafte Zeilen des Briefes, von denen ich nichts behalten habe und verliere im weitern Schlaf den Traum.

[Tagebuch, 24. November 1913; KKAT 597f.] [22]

Träume: In Berlin, durch die Straßen, zu ihrem Haus, das ruhige glückliche Bewußtsein, ich bin zwar noch nicht bei ihrem Haus, habe aber die leichte Möglichkeit hinzukommen, werde bestimmt hinkommen. Ich sehe die Straßenzüge, an einem weißen Haus eine Aufschrift etwa »Die Prachtsäle des Nordens« (gestern in der Zeitung gelesen) im Traum hinzugefügt »Berlin W«. Frage einen leutseligen rotnasigen alten Schutzmann, der in einer Art Dieneruniform diesmal steckt. Bekomme überausführliche Auskunft, sogar ein Geländer einer kleinen Rasenanlage in der Ferne wird mir gezeigt, an das ich der Sicherheit halber mich anhalten soll, wenn ich vorüberkomme. Dann Ratschläge betreffend die Elektrische, die Untergrundbahn u.s.w. Ich kann nicht mehr folgen und frage erschrocken, wohl wissend, daß ich die Entfernung unterschätze: »Das ist wohl 1/2 Stunde weit?« Er aber, der alte Mann, antwortet: »Ich bin dort in 6 Minuten.« Die Freude! Irgend ein Mann, ein

Schatten, ein Kamerad begleitet mich immer, ich weiß nicht, wer es ist. Habe förmlich keine Zeit mich umzudrehn, mich seitwärts zu wenden. – Wohne in Berlin in irgend einer Pension, in der scheinbar lauter junge polnische Juden wohnen; ganz kleine Zimmer. Ich verschütte eine Wasserflasche. Einer schreibt unaufhörlich auf einer kleinen Schreibmaschine, wendet kaum den Kopf, wenn man um etwas bittet. Keine Karte von Berlin aufzutreiben. Immer sehe ich in der Hand eines ein Buch, das einem Plan ähnlich ist. Immer zeigt sich, daß es etwas ganz anderes enthält, ein Verzeichnis der Berliner Schulen, eine Steuerstatistik oder etwas derartiges. Ich will es nicht glauben, aber man weist es mir lächelnd ganz zweifellos nach.

[Tagebuch, 13. Februar 1914; KKAT 635f.] [23]

Gestern erschien mir das weiße Pferd zum erstenmal vor dem Einschlafen, ich habe den Eindruck, als wäre es zuerst aus meinem der Wand zugedrehten Kopf getreten, wäre über mich hinweg und vom Bett hinunter gesprungen und hätte sich dann verloren.

[Tagebuch, nach dem 27. Mai 1914; KKAT 520] [24]

Traum heute nachts. Bei Kaiser Wilhelm. Im Schloß Die schöne Aussicht. Ein Zimmer ähnlich wie im »Tabakskollegium«. Zusammenkunft mit Matilde Serao. Leider alles vergessen.

[Tagebuch, 2. Dezember 1914; KKAT 704] [25]

Viele Träume. Auftreten einer Mischung vor Dir. Marschner und Diener Pimisker. Rote feste Wangen, schwarz gewichster Bart, ebensolches starkes wildes Haar.

[Tagebuch, 29. September 1915; KKAT 756] [26]

Im Halbschlaf lange Esther gesehn, die sich mit der Leidenschaft, die sie meinem Eindruck nach für alles Geistige zu haben scheint, in den Knoten eines Seiles festgebissen hatte und mächtig hin und her im leeren Raum geschwungen wurde wie ein Glockenschlägel (Erinnerung an ein Kinoplakat) – Die beiden Lieblich. Die kleine teuflische Lehrerin, die ich auch im Halbschlaf sah, wie sie jagend im Tanz, in einem kosakenmäßigen aber schwebenden Tanz über einem leicht geneigtem dunkelbraun im Dämmerlicht daliegendem holprigen Backsteinpflaster hinauf und hinab flog.

[Tagebuch, 3. November 1915; KKAT 770][27]

Vor kurzem geträumt: Wir wohnten auf dem Graben in der Nähe des Cafe Kontinental. Aus der Herrengasse bog ein Regiment ein, in die Richtung zum Staatsbahnhof. Mein Vater: »So etwas muß man sehn, solange man dazu imstande ist« und schwingt sich (im braunen Schlafrock des Felix, die ganze Gestalt war eine Vermischung beider) auf das Fenster und spreizt sich draußen mit ausgestreckten Armen auf der sehr breiten, stark abfallenden Fensterbrüstung. Ich packe ihn und halte ihn an den beiden Kettchen, durch welche die Schlafrockschnur gezogen ist. Aus Bosheit streckt er sich noch weiter hinaus, ich spanne meine Kräfte auf das äußerste an, um ihn zu halten. Ich denke daran, wie gut es wäre, wenn ich meine Füße mit Stricken an irgendetwas Festem anbinden könnte um nicht vom Vater mitgezogen zu werden. Allerdings müßte ich, um das zu bewerkstelligen, den Vater wenigstens ein Weilchen lang loslassen und das ist unmöglich. Diese ganze Spannung erträgt der Schlaf – und gar mein Schlaf nicht und ich erwache.

[Tagebuch, 19. April 1916; KKAT 778][28]

Ein Traum: Zwei Gruppen von Männern kämpften mit einander. Die Gruppe zu der ich gehörte, hatte einen Gegner einen riesigen nackten Mann gefangen. Fünf von uns hielten ihn einer beim Kopf, je zwei bei den Armen und Beinen. Leider hatten wir kein Messer ihn zu erstechen, wir fragten in der Runde eilig, ob ein Messer da sei, keiner hatte eines. Da aber aus irgendeinem Grunde keine Zeit zu verlieren war und in der Nähe ein Ofen stand, dessen ungewöhnlich große gußeiserne Ofentüre rotglühend war, schleppten wir den Mann hin, näherten einen Fuß des Mannes der Ofentüre, bis er zu rauchen begann, zogen ihn dann wieder zurück und ließen ihn ausdampfen, um ihn bald neuerlich zu nähern. So trieben wir es gleichförmig, bis ich nicht nur im Angstschweiß, sondern wirklich zähneklappernd erwachte.

[Tagebuch, 20. April 1916; KKAT 779f.]

Mitgewirkt an der Tageslaune hatte [...] ein grauenhafter Traum, dessen Merkwürdigkeit darin bestand, daß er nichts Grauenhaftes dargestellt hatte, nur eine gewöhnliche Begegnung mit Bekannten auf der Gasse. An die Einzelheiten erinnere ich mich gar nicht, Du warst glaube ich gar nicht dabei. Das Grauenhafte aber lag in dem Gefühl, das ich einem dieser Bekannten gegenüber hatte. Einen Traum von dieser Art hatte ich vielleicht noch gar nicht gehabt.

[An Max Brod, 5. Juli 1916; BKB 145]

Traum von Dr. Hanzal, saß hinter seinem Schreibtisch, irgendwie gleichzeitig angelehnt und vorgebeugt, wasserhelle Augen, führt langsam und genau in seiner Art einen klaren Gedankengang aus, höre selbst im Traume kaum etwas von seinen Worten, folge nur dem Methodischen von dem sie getragen werden. War dann auch mit seiner Frau beisammen, sie trug viel Gepäck, spielte erstaunlicher Weise mit meinen Fingern, ein Stück aus dem dicken Filz ihrer Ärmel war herausgerissen, dieser Ärmel, dessen kleinsten Teil ihre Arme ausfüllten, war mit Erdbeeren gefüllt.

[Tagebuch, 6. Juli 1916; KKAT 792][29]

Folgender Angsttraum: Aus der Portierloge der Anstalt wird mir telephoniert, daß ein Brief für mich dort liegt. Ich laufe hinunter. Finde dort aber nicht den Portier, sondern den Vorstand der Einlaufstelle, in welche regelmäßig die Post zuerst kommt. Verlange den Brief. Der Mann sucht auf dem Tischchen, wo der Brief noch vor einem Augenblick gelegen haben soll, findet ihn aber nicht, sagt, die Schuld habe der Portier, der unberechtigter Weise den Brief dem Briefträger abgenommen hat, statt ihn in die Einlaufstelle geben zu lassen. Jedenfalls muß ich nun auf den Portier warten, sehr lange. Schließlich kommt er, ein Riese an Größe wie an Einfältigkeit. Er weiß nicht, wo der Brief ist. Ich, verzweifelt, werde mich beim Direktor beklagen, werde Konfrontation des Briefträgers und Portiers verlangen, bei der sich der Portier verpflichten soll, niemals mehr Briefe anzunehmen. Ich irre halb besinnungslos durch Gänge und Treppen, suche vergeblich den Direktor.

[An Felice Bauer, 1. Oktober 1916; F 714][30]

Traum von Werfel: Er erzählte, er habe in Niederösterreich wo er sich jetzt aufhält, zufällig auf der Gasse einen Mann ein wenig gestoßen, worauf dieser ihn schauerlich ausschimpfte. Die einzelnen Worte habe ich vergessen, ich weiß nur, daß »Barbare« drin vorkam (vom Weltkrieg her) und daß es endete mit »Sie proletarischer Turch«. Eine interessante Bildung: Turch Dialektwort für Türke, »Türke« Schimpfwort offenbar noch aus der Tradition der alten Türken-Kriege und Wien-Belagerungen und zu dem das neue Schimpfwort »proletarisch«. Charakterisiert gut die Einfältigkeit und Rückständigkeit des Schimpfers, da heute weder »proletarisch« noch »Türke« eigentliche Schimpfwörter sind.

[Tagebuch, 19. September 1917; KKAT 835][31]

Traum vom Vater. – Es ist eine kleine Zuhörerschaft (Frau Fanta zur Charakterisierung darunter) vor welcher der Vater eine sociale Reformidee zum erstenmal der Öffentlichkeit mitteilt. Es handelt sich ihm darum, daß diese ausgewählte, insbesondere seiner Meinung nach ausgewählte Zuhörerschaft die Propaganda für die Idee übernimmt. Äußerlich drückt er dies viel bescheidener aus, indem er von der Gesellschaft nur verlangt, sie möge ihm nachher, bis sie alles kennen gelernt hat, Adressen von Personen mitteilen, die sich für sie interessieren und daher zu einer großen öffentlichen Versammlung, die nächstens stattfinden soll eingeladen werden könnten. Mein Vater hat mit allen diesen Leuten noch niemals etwas zu tun gehabt, infolgedessen nimmt er sie übertrieben ernst, hat sich auch ein schwarzes Jakettkleid angezogen und trägt die Idee äußerst genau, mit allen Zeichen des Diletantismus vor. Die Gesellschaft erkennt, trotzdem sie auf einen Vortrag gar nicht vorbereitet war, sofort, daß hier nur eine alte verbrauchte, längst durchgesprochene Idee mit allem Stolz der Originalität vorgebracht wird. Man läßt es den Vater fühlen. Dieser aber hat den Einwand erwartet, aber mit großartiger Überzeugung von der Nichtigkeit dieses Einwands, der ihn selbst aber schon öfters versucht zu haben scheint, trägt er seine Sache mit einem feinen bittern Lächeln noch nachdrücklicher vor. Als er geendet hat, hört man aus dem allgemeinen verdrießlichen Gemurmel, daß er weder von der Originalität noch der Brauchbarkeit seiner Idee überzeugt hat. Es werden sich nicht viele dafür interessieren. Immerhin findet sich hie und da jemand der ihm aus Gutmütigkeit und vielleicht weil er mit mir bekannt ist, einige Adressen angibt. Mein Vater, gänzlich unbeirrt von der allgemeinen Stimmung hat die Vortragspapiere abgeräumt und vorbereitete Häufchen weißer Zettel vorgenommen, um die wenigen Adressen zu notieren. Ich höre nur den Namen eines Hofrates Střižanowski oder ähnlich – Später sehe ich den Vater in der Art wie er mit Felix spielt, auf dem Boden sitzen und sich ans Kanapee lehnen. Erschrocken frage ich ihn was er macht. Er denkt über seine Idee nach.

[Tagebuch, 21. September 1917; KKAT 836 f.] [32]

Lieber Felix, nur kurz zum Beweis des Eindrucks, den Deine Kurse auf mich machen, ein heutiger Traum: Es war großartig, d. h. nicht mein Schlaf (der eher sehr schlecht war, wie überhaupt in letzter Zeit; sollte ich abnehmen und der Professor nimmt mich von Zürau weg – was tue ich?) auch nicht der Traum, aber deine Tätigkeit darin.

Wir trafen uns auf der Gasse, ich war offenbar eben nach Prag gekommen und sehr froh, Dich zu sehn; etwas merkwürdig mager, nervös und professorenhaft-verdreht (so geziert-gelähmt hieltest Du Deine Uhrkette) fand ich Dich allerdings. Du sagtest mir, Du gehest in die Universität, wo Du eben einen Kurs abhältst. Ich sagte, ich ginge ungemein gerne mit, nur müsse ich für einen Augenblick in das Geschäft, vor dem wir gerade standen (es war etwa am Ende der Langengasse gegenüber dem großen Wirtshaus, das dort ist). Du versprachst, auf mich zu warten, aber während ich drin war, überlegtest Du es Dir und schriebst mir einen Brief. Wie ich ihn bekam, weiß ich nicht mehr, aber ich sehe noch die Schrift jenes Briefes. Es hieß darin unter anderem, der Kurs beginne um 3 Uhr, Du könntest nicht länger warten, unter Deinen Zuhörern sei auch Prof. Sauer, den dürftest Du durch Zuspätkommen nicht verletzen, viele Mädchen und Frauen kämen hauptsächlich seinetwegen zu Dir, bliebe er aus, blieben mit ihm Tausende aus. Also müßtest Du eilen.

Ich kam aber rasch nach, traf Dich in einer Art Vorhalle. Irgendein auf dem davor liegenden wüsten freien Feld ballspielendes Mädchen fragte Dich, was Du jetzt machen wirst. Du sagtest, Du hieltest jetzt einen Kurs ab, und nanntest genau, was dort gelesen wird, zwei Autoren, Werke und Kapitelnummer. Es war sehr gelehrt, ich habe nur den Namen Hesiod behalten. Von dem zweiten Autor weiß ich nur, daß er nicht Pindar hieß, sondern bloß ähnlich, aber viel unbekannter, und ich fragte mich, warum Du nicht »wenigstens« Pindar liest.

Als wir eintraten, hatte die Stunde schon begonnen. Du hattest sie wohl schon auch eingeleitet und warst nur hinausgegangen, um nach mir zu sehn. Oben auf dem Podium saß ein großes starkes, frauenhaftes, unhübsches, schwarzgekleidetes, knollennasiges, dunkeläugiges Mädchen und übersetzte Hesiod. Ich verstand gar nichts. Jetzt erinnere ich mich, nicht einmal im Traum wußte ichs: Es war die Schwester von Oskar, nur ein wenig schlanker und viel größer.

Ich fühlte mich (offenbar in Erinnerung an Deinen Zuckerkandl-

Traum) ganz als Schriftsteller, verglich mein Unwissen mit den ungeheuren Kenntnissen dieses Mädchens und sagte zu mir öfters: »kläglich – kläglich!«

Professor Sauer sah ich nicht, aber viele Damen waren da. Zwei Bänke vor mir (diese Damen saßen auffallender Weise mit dem Rücken zum Podium) saß Frau G., sie hatte lange Ringellocken und schüttelte sie, neben ihr war eine Dame, die Du mir als die Holzner (sie war aber jung) erklärtest. In der Reihe vor uns zeigtest Du mir die andere ähnliche Schulinhaberin aus der Herrengasse. Alle diese also lernten von Dir. Unter andern sah ich noch in der andern Bankabteilung Ottla, mit der ich kurz vorher Streit wegen Deines Kurses gehabt hatte (sie hatte nämlich nicht kommen wollen und nun war sie also zu meiner Befriedigung doch und sogar sehr bald gekommen).

Überall, auch von denen, welche nur schwätzten, wurde von Hesiod gesprochen. Eine gewisse Beruhigung war es für mich, daß die Vorleserin bei unserm Eintritt gelächelt hatte und sich unter dem Verständnis der Zuhörerschaft noch lange nicht vor Lachen fassen konnte. Dabei hörte sie allerdings nicht auf, richtig zu übersetzen und zu erklären.

Als sie mit ihrer Übersetzung fertig war und Du den eigentlichen weitern Vortrag beginnen solltest, beugte ich mich zu Dir, um aus Deinem Buch mitzulesen, sah aber zu meinem größten Erstaunen, daß Du nur eine zerlesene schmutzige Reclamausgabe vor Dir hattest, den griechischen Text hattest Du also – erhabener Gott! – »inne«. Dieser Ausdruck kam mir aus Deinem letzten Brief zu Hilfe. Jetzt aber – vielleicht weil ich einsah, daß ich unter diesen Umständen der Sache nicht weiter folgen könne – wurde das Ganze undeutlicher, Du nahmst ein wenig das Aussehn eines meiner früheren Mitschüler an (den ich übrigens sehr gern gehabt hatte, der sich erschossen hat und der, wie mir jetzt einfällt, auch eine kleine Ähnlichkeit mit der vorlesenden Schülerin gehabt hat), also Du verändertest Dich und es begann ein neuer Kurs, weniger detailliert, ein Musikkurs, den ein kleiner schwarzer rotbackiger junger Mann leitete. Er war einem entfernten Verwandten von mir ähnlich, welcher (bezeichnend für meine Stellung zur Musik) Chemiker und wahrscheinlich verrückt ist.

Das war also der Traum, bei weitem der Kurse noch nicht würdig, ich lege mich jetzt zu einem vielleicht noch eindringlicheren Kurs-Traum nieder.

[An Felix Weltsch, vermutl. 22. Oktober 1917; Br 183–185][33]

Traum von der Schlacht am Tagliamento: Eine Ebene, Fluß eigentlich nicht vorhanden, viele sich drängende, aufgeregte Zuschauer, bereit, je nach der Lage, vorwärts oder zurückzulaufen. Vor uns Hochebene, deren Rand, abwechselnd leer und mit hohem Gesträuch bewachsen, man sehr deutlich sieht. Oben auf der Hochebene und jenseits ihrer kämpfen Österreicher. Man ist in Spannung; wie wird es werden? Zwischendurch sieht man, offenbar um sich zu erholen, vereinzelte Gebüsche auf dunklem Abhang, hinter denen hervor ein oder zwei Italiener schießen. Das ist aber bedeutungslos, wir allerdings laufen schon ein wenig. Dann wieder die Hochebene: Österreicher laufen den leeren Rand entlang, bleiben mit einem Ruck hinter den Sträuchern stehn, laufen wieder. Es geht offenbar schlecht, es wird auch unbegreiflich, wie es jemals gut gehen könnte, wie kann man, da man doch auch nur ein Mensch ist, Menschen, die den Willen haben sich zu wehren, jemals überwältigen. Große Verzweiflung, allgemeine Flucht wird nötig werden. Da erscheint ein preußischer Major, der übrigens die ganze Zeit über mit uns die Schlacht beobachtet hat, aber wie er jetzt ruhig in den plötzlich leer gewordenen Raum tritt, ist er eine neue Erscheinung. Er steckt zwei Finger von jeder Hand in den Mund und pfeift, so wie man einem Hund pfeift, aber liebend. Das Zeichen gilt seiner Abteilung, die unweit gewartet hat und jetzt vormarschiert. Es ist preußische Garde, junge stille Leute, nicht viele, vielleicht nur eine Kompagnie, alle scheinen Offiziere zu sein, wenigstens haben sie lange Säbel, die Uniformen sind dunkel. Wie sie nun an uns mit kurzen Schritten, langsam, gedrängt vorbeimarschieren, hie und da uns ansehn, ist die Selbstverständlichkeit dieses Todesganges gleichzeitig rührend, erhebend und siegverbürgend. Erlöst durch das Eingreifen dieser Männer erwache ich.

[Tagebuch, 10. November 1917; KKAT 843 f.][34]

Natürlich bist Du jetzt übertrieben beschäftigt, das sehe ich besser ein als Du, und jede Woche, nicht unter dem Schutz eines Amtes, sondern allein unter persönlicher Verantwortung, vor Leute zu treten, die auf ihrer Forderung bestehen, Wesentliches von Dir zu erfahren, und denen Du selbst dieses Recht in jeder Hinsicht gibst, – das ist etwas sehr Großes, fast Geistliches. Ich stehe so unter dem Eindruck dessen, daß ich wieder davon geträumt habe. Allerdings war es etwas Botanisches, was Du vorgetragen hast (sag es dem Professor Kraus), irgendeine löwenzahnähnliche Blume oder vielmehr einige von dieser Art hieltest Du dem Publikum entgegen; es waren vereinzelte große Exemplare, die eins über dem andern, vom Podium bis zur Decke, dem Publikum entgegengehalten wurden; wie Du das allein mit Deinen zwei Händen machen konntest, verstand ich nicht. Dann kam von irgendwo aus dem Hintergrund [...] oder vielleicht aus den Blumen selbst ein Licht und sie strahlten. Auch über das Publikum machte ich einige Beobachtungen, habe sie aber vergessen.

[An Felix Weltsch, Anfang Februar 1918; Br 232 f.][35]

Während Du noch im Traum für Deine Gedanken leidest, fahre ich in einer Troika in Lappland. So war es heute nacht oder vielmehr ich fuhr noch nicht, sondern das Dreigespann wurde angeschirrt. Die Wagendeichsel war ein riesiger Tierknochen und der Kutscher gab mir eine technisch ziemlich geistreiche und auch merkwürdige Erklärung des Troika-Anschirrens. Ich will sie nicht in ihrer ganzen Länge hier erzählen. Ein einheimischer Klang kam dann in das Nordische dadurch, daß meine Mutter, deren Person oder vielleicht nur Stimme dabei war, die Nationaltracht des Mannes beurteilte und erklärte, die Hose sei Papiergewebe und von einer Firma Bondy. Es leitete das offenbar in Erinnerungen vom Vortage über, denn es gibt hier Jüdisches, auch vom Papiergewebe war gesprochen worden, auch von einem Bondy.

[An Max Brod, 8. Februar 1919; BKB 263][36]

Letzthin habe ich wieder allerdings mittelbar von Dir geträumt. Ich führte in einem Kinderwagen ein kleines Kind herum, dick, weiß und rot (das Kind eines Anstaltsbeamten) und fragte es, wie es heißt. Es sagte: Hlavatá (Name eines andern Anstaltsbeamten) »Und wie mit dem Vornamen?« fragte ich weiter. »Ottla« »Aber« sagte ich staunend »ganz so wie meine Schwester. Ottla heißt sie und hlavatá ist sie auch«. Aber ich meinte das natürlich gar nicht böse, eher stolz.

[An Ottla Kafka, 24. Februar 1919; O 70][37]

Letzthin habe ich im Traum einen Aufsatz von Dir in der Selbstwehr gelesen. Überschrieben war es: »Ein Brief«, vier lange Spalten, sehr kräftige Sprache. Es war ein an Marta Löwy gerichteter Brief, der sie über eine Krankheit des Max Löwy trösten sollte. Ich verstand nicht eigentlich, warum er in der Selbstwehr stand, aber ich freute mich doch sehr.

[An Ottla Kafka, 17. April 1920; O 81][38]

Ich träumte heute von Dir, es war das obige Thema. Wir saßen zu dritt und er machte eine Bemerkung die mir, wie das im Traum so geht, außerordentlich gefallen hat. Er sagte nämlich nicht, daß das Interesse der Frau für die Arbeit und das Wesen des Mannes selbstverständlich oder erfahrungsgemäß sei sondern es »sei historisch nachgewiesen«. Ich antwortete, durch das Interesse für das Allgemeine der Frage von dem besondern Fall ganz abgelenkt: »Ebenso das Gegenteil«.

[An Ottla Kafka, 1. Mai 1920; O 83][39]

Letzthin habe ich wieder von Ihnen geträumt, es war ein großer Traum, ich erinnere mich aber fast an gar nichts. Ich war in Wien, davon weiß ich nichts, dann aber kam ich nach Prag und hatte Ihre

Adresse vergessen, nicht nur die Gasse, auch die Stadt, alles, nur der Name Schreiber tauchte mir noch irgendwie auf, aber ich wußte nicht, was ich damit machen sollte. Sie waren mir also vollständig verloren. In meiner Verzweiflung machte ich verschiedene sehr listige Versuche, die aber, ich weiß nicht warum, nicht ausgeführt wurden und von denen mir nur einer erinnerlich ist. Ich schrieb auf ein Couvert: M. Jesenská und darunter »Ich bitte diesen Brief zuzustellen, da sonst die Finanzverwaltung einen ungeheueren Verlust erleidet.« Durch diese Drohung hoffte ich alle Hilfsmittel des Staates für Ihre Auffindung in Bewegung zu bringen. Schlau? Lassen Sie sich dadurch nicht gegen mich einnehmen. Nur im Traum bin ich so unheimlich.

[An Milena Jesenská, 11. Juni 1920; M 54 f.][40]

Heute früh kurz vor dem Aufwachen, es war auch kurz nach einem Einschlafen hatte ich einen abscheulichen um nicht zu sagen fürchterlichen (glücklicherweise verflüchtigt sich der Traumeindruck schnell) also nur einen abscheulichen Traum. Übrigens verdanke ich ihm auch ein wenig Schlaf, aus einem solchen Traum erwacht man erst, wenn er abgelaufen ist, früher sich herauswinden kann man nicht, er hält einen an der Zunge fest.

Es war in Wien, ähnlich wie ich es mir in Wachträumen für den Fall daß ich hinfahren sollte, vorstelle (in diesen Wachträumen besteht Wien nur aus einem kleinen stillen Platz, die eine Seite bildet Dein Haus, gegenüber ist das Hotel in dem ich wohnen werde, links davon steht der Westbahnhof, in dem ich ankomme, links der Franz Josefs Bahnhof, von dem ich wegfahre, ja und im Erdgeschoß meines Hauses ist freundlicher Weise noch eine vegetarische Speisestube, in der ich esse, nicht um zu essen, aber um eine Art Gewicht nach Prag mitzubringen. Warum erzähle ich das? Es gehört nicht eigentlich zum Traum, offenbar habe ich noch immer Angst vor ihm). Genau so war es also nicht, es war die wirkliche Großstadt, gegen Abend, naß, dunkel, ein unkenntlich großer Verkehr; das Haus, in dem ich wohnte, trennte eine lange viereckige öffentliche Gartenanlage von dem Deinen.

Ich war plötzlich nach Wien gekommen, hatte eigene Briefe überholt, die noch auf dem Weg zu Dir waren (das schmerzte mich später besonders). Immerhin warst Du verständigt und ich sollte Dich treffen. Glücklicherweise (ich hatte aber dabei gleichzeitig auch das Gefühl des Lästigen) war ich nicht allein, eine kleine Gesellschaft, auch ein Mädchen glaube ich, war bei mir, aber ich weiß gar nichts genaueres über sie, sie galten mir gewissermaßen als meine Sekundanten. Wären sie nur ruhig gewesen, sie redeten aber immerfort, wahrscheinlich über meine Angelegenheit, mit einander, ich hörte nur ihr nervös machendes Murmeln, verstand aber nichts und wollte auch nichts verstehn. Ich stand rechts von meinem Haus auf dem Trottoirrand und beobachtete Deines. Es war eine niedrige Villa mit einer schönen einfachen rundgewölbten steinernen Loggia vorn in der Höhe des Erdgeschosses.

Nun war es plötzlich Frühstückszeit, in der Loggia war der Tisch gedeckt, ich sah von der Ferne, wie Dein Mann kam, sich in einen Rollstuhl rechts setzte, noch verschlafen war und mit ausgebreiteten Armen sich streckte. Dann kamst Du und setztest Dich hinter den Tisch, so daß man Dich voll sehen konnte. Genau allerdings nicht, es war so weit, die Umrisse Deines Mannes sah man viel bestimmter, ich weiß nicht warum, Du bliebst nur etwas Bläulich-Weißes, Fließendes, Geisterhaftes. Auch Du hattest die Arme ausgebreitet, aber nicht um Dich zu strecken, sondern es war eine feierliche Haltung.

Kurz darauf, nun war aber wieder der frühere Abend, warst Du auf der Gasse bei mir, Du standest auf dem Trottoir, ich mit einem Fuß in der Fahrbahn, ich hielt Deine Hand und nun begann ein unsinnig schnelles, kurzsätziges Gespräch, es gieng klapp klapp und dauerte bis zum Ende des Traums fast ununterbrochen.

Nacherzählen kann ich es nicht, ich weiß eigentlich nur die 2 ersten und die 2 letzten Sätze, das Mittelstück war eine einzige, näher nicht mitteilbare Qual.

Ich sagte statt einer Begrüßung, schnell, durch irgendetwas in Deinem Bericht dazu bestimmt: »Du hast mich Dir anders vorgestellt.« Du antwortetest: »Wenn ich aufrichtig sein soll, ich dachte, Du wärest fescher« (eigentlich sagtest Du einen noch wienerischen Ausdruck, aber ich habe ihn vergessen).

Das waren die ersten 2 Sätze (in diesem Zusammenhang fällt mir ein: weißt Du eigentlich daß ich vollständig, in einer meiner Erfahrung nach überhaupt sonst nicht vorkommenden Vollständigkeit unmusikalisch bin?) nun war ja damit im Grunde alles entschieden, was denn noch? Aber nun begannen die Verhandlungen wegen eines Wiedersehns, allerunbestimmteste Ausdrücke auf Deiner Seite, unaufhörlich drängende Fragen auf meiner.

Jetzt griff meine Begleitung ein, man erzeugte die Meinung, daß ich nach Wien auch deshalb gekommen sei, um eine landwirtschaftliche Schule in der Nähe Wiens zu besuchen, jetzt schien es ja, als ob ich Zeit dazu haben sollte, offenbar wollte man mich aus Barmherzigkeit fortschaffen. Ich durchschaute es, gieng aber doch mit zur Bahn, wahrscheinlich weil ich hoffte, daß so ernsthafte Abfahrts-Absichten auf Dich Eindruck machen würden. Wir kamen alle auf den nahen Bahnhof, aber nun zeigte es sich, daß ich den Namen des Ortes vergessen hatte, wo die Schule sein sollte. Wir standen vor den großen Fahrplänen, immerfort lief man mit den Fingern die Stationsnamen ab und fragte mich, ob es vielleicht dieser oder jener sei, aber es war keiner von diesen.

Inzwischen konnte ich Dich ein wenig ansehn, übrigens war es mir äußerst gleichgiltig wie Du aussahst, es kam mir nur auf Dein Wort an. Du warst Dir ziemlich unähnlich, jedenfalls viel dunkler, mageres Gesicht, mit runden Wangen hätte man auch nicht so grausam sein können. (Aber war es denn grausam?) Dein Anzug war merkwürdiger Weise aus dem gleichen Stoff wie meiner, war auch sehr männlich und gefiel mir eigentlich gar nicht. Dann aber erinnerte ich mich an eine Briefstelle (den Vers: dvoje šaty mám a přece slušně vypadám) und so groß war die Macht Deines Wortes über mich, daß mir von da an das Kleid sehr gefiel.

Aber nun war das Ende da, meine Begleitung suchte noch die Fahrpläne ab, wir standen abseits und verhandelten. Der letzte Stand der Verhandlung war etwa der: nächsten Tag war Sonntag; es war Dir bis zur Widerlichkeit unbegreiflich, wie ich annehmen konnte, daß Du Sonntag für mich Zeit haben könntest. Schließlich aber gabst Du scheinbar nach und sagtest, daß Du 40 Minuten Dir doch absparen wolltest. (Das Schrecklichste des Gespräches waren natürlich nicht die Worte, sondern der Untergrund, die Zwecklosigkeit des

Ganzen, es war auch Dein fortwährendes stillschweigendes Argument: »Ich will nicht kommen. Was kann es dir also helfen, wenn ich doch komme?«) Wann Du aber diese 40 Minuten frei haben würdest konnte ich von Dir nicht erfahren. Du wußtest es nicht; trotz alles scheinbar angestrengten Nachdenkens konntest Du es nicht bestimmen. Schließlich fragte ich: »Soll ich vielleicht den ganzen Tag warten?« »Ja« sagtest Du und wandtest Dich zu einer bereitstehenden, Dich erwartenden Gesellschaft. Der Sinn der Antwort war, daß Du gar nicht kommen werdest und daß das einzige Zugeständnis das Du mir machen könntest, die Erlaubnis sei, warten zu dürfen. »Ich werde nicht warten« sagte ich leise und da ich glaubte, Du hättest es nicht gehört und es doch mein letzter Trumpf war, schrie ich es Dir verzweifelt nach. Aber Dir war es gleichgültig, Du kümmertest Dich nicht mehr darum. Ich wankte irgendwie in die Stadt zurück.

[An Milena Jesenská, 14. Juni 1920; M 62–66][41]

Heute früh habe ich wieder von Dir geträumt. Wir saßen neben einander und Du wehrtest mich ab, nicht böse, freundlich. Ich war sehr unglücklich. Nicht über die Abwehr, sondern über mich, der ich Dich behandelte wie eine beliebige stumme Frau und die Stimme überhörte, die aus Dir sprach und gerade zu mir sprach. Oder vielleicht, ich hatte sie nicht überhört, aber ich hatte ihr nicht antworten konnen. Trostloser als im ersten Traum gieng ich fort.

[An Milena Jesenská, 15. Juni 1920; M 67]

Heute habe ich zum ersten Mal, glaube ich, seitdem ich in Prag bin, von Dir geträumt. Ein Traum gegen morgen, kurz und schwer, noch etwas vom Schlaf erwischt nach böser Nacht. Ich weiß wenig davon. Du warst in Prag, wir giengen durch die Ferdinandstraße, etwa gegenüber Vilimek, in der Richtung zum Quai, irgendwelche Bekannte von Dir giengen auf der andern Seite vorüber, wir wendeten uns nach ihnen um, Du sprachst von ihnen, vielleicht war auch von Krasa die Rede [er ist nicht in Prag, das weiß ich, nach seiner Adresse werde ich mich erkundigen]. Du sprachst wie sonst, aber etwas nicht zu fassendes, nicht aufzuzeigendes von Abweisung war darin, ich erwähnte nichts davon, aber verfluchte mich, sprach damit nur den Fluch aus, der auf mir lag. Dann waren wir im Kaffeehaus, im Kaffee Union wahrscheinlich (es lag ja auf dem Weg, auch war es das Kaffeehaus von Reiners letztem Abend), ein Mann und ein Mädchen saßen an unserem Tisch, an die kann ich mich aber gar nicht erinnern, dann ein Mann, der Dostojewski sehr ähnlich sah, aber jung, tiefschwarz Bart und Haar, alles z. B. die Augenbrauen, die Wülste über den Augen ungemein stark. Dann warst Du da und ich. Wieder verriet nichts Deine abweisende Art, aber die Abweisung war da. Dein Gesicht war – ich konnte von der quälenden Merkwürdigkeit nicht wegschauen – gepudert, und zwar überdeutlich, ungeschickt, schlecht, es war wahrscheinlich auch heiß und so hatten sich ganze Puderzeichnungen auf Deinen Wangen gebildet, ich sehe sie noch vor mir. Immer wieder beugte ich mich vor um zu fragen, warum Du gepudert bist; wenn Du merktest, daß ich fragen wollte, fragtest Du entgegenkommend – die Abweisung war ja eben nicht zu merken – »Was willst Du?« Aber ich konnte nicht fragen, ich wagte es nicht und dabei ahnte ich irgendwie daß dieses Gepudertsein eine Probe für mich war, eine ganz entscheidende Erprobung, daß ich eben fragen sollte und ich wollte es auch, aber wagte es nicht. So wälzte sich der traurige Traum über mich hin. Dabei quälte mich auch der Dostojewski-Mann. Er war in seinem Benehmen mir gegenüber ähnlich wie Du, aber doch ein wenig anders. Wenn ich ihn etwas fragte, war er sehr freundlich, teilnehmend, herübergebeugt, offenherzig, wußte ich aber nichts mehr zu fragen oder zu sagen – das geschah jeden Augenblick – zog er sich mit einem Ruck zurück, versank in ein Buch, wußte nichts mehr von der Welt und besonders von mir nicht, verschwand in seinem Bart und Haar. Ich weiß nicht, warum mir das unerträglich war, immer wieder – ich konnte nichts anders – mußte ich ihn mit einer Frage zu mir herüberziehn und immer wieder verlor ich ihn durch meine Schuld.

[An Milena Jesenská, 1. August 1920; M 170–172][42]

Heute nacht habe ich Deinetwegen gemordet, ein wilder Traum, schlechte, schlechte Nacht. Genaueres darüber weiß ich kaum. [...] Jemand, ein Verwandter, sagte im Verlauf eines Gespräches, an das ich mich nicht erinnere, das aber etwa den Sinn hatte, daß irgendetwas dieser und jener nicht zustandebringen könnte – ein Verwandter sagte also schließlich ironisch: »Dann also vielleicht Milena.« Darauf ermordete ich ihn irgendwie, kam dann aufgeregt nachhause, die Mutter lief immerfort hinter mir, es war auch hier ein ähnliches Gespräch im Gang, schließlich schrie ich heiß vor Wut: »Wenn jemand Milena im Bösen nennt, z. B. der Vater (mein Vater) ermorde ich auch ihn oder mich.« Dann erwachte ich, aber es war kein Schlaf gewesen und kein Erwachen.

[An Milena Jesenská, 7. August 1920; M 190 f.]

Heute nachts in einem kurzen Halbschlaf fiel mir ein, ich müsse Deinen Geburtstag dadurch feiern, daß ich die für Dich wichtigen Örtlichkeiten absuche. Und gleich darauf, ganz ohne Willen, war ich vor dem Westbahnhof. Es war ein ganz winziges Gebäude, auch drinnen mußte wenig Platz sein, denn es war eben ein Schnellzug gekommen und ein Waggon, für den drin nicht mehr Platz war, ragte aus dem Haus hervor. Sehr befriedigt war ich davon, daß vor dem Bahnhof drei ganz nett angezogene Mädchen (eine hatte einen Zopf), allerdings sehr mager, standen, Gepäckträgerinnen. Es fiel mir ein, daß es also nichts so ungewöhnliches sei, was Du getan hattest. Trotzdem war ich froh, daß Du jetzt nicht da warst, allerdings war es mir auch leid daß Du nicht dort warst. Aber zum Trost fand ich eine kleine Aktentasche, die ein Passagier verloren hatte, und zog aus der kleinen Tasche zum Erstaunen der mich umstehenden Passagiere große Kleidungsstücke heraus.

[An Milena Jesenská, 10. August 1920; M 206][43]

Gestern habe ich von Dir geträumt. Was im einzelnen geschehen ist, weiß ich kaum mehr, nur das weiß ich noch, daß wir immerfort

ineinander übergingen, ich war Du, Du warst ich. Schließlich
fingst Du irgendwie Feuer, ich erinnerte mich, daß man mit Tüchern das Feuer erstickt, nahm einen alten Rock und schlug Dich
damit. Aber wieder fingen die Verwandlungen an und es ging so
weit, daß Du gar nicht mehr da warst, sondern ich war es, der
brannte und ich war es auch, der mit dem Rock schlug. Aber das
Schlagen half nichts und es bestätigte sich nur meine alte Befürch-
tung, daß solche Dinge gegen das Feuer nichts ausrichten können.
Inzwischen aber war die Feuerwehr gekommen und Du wurdest
doch noch irgendwie gerettet. Aber anders warst Du als früher,
geisterhaft mit [...] Kreide ins Dunkel gezeichnet und fielst mir,
leblos oder vielleicht nur ohnmächtig aus Freude über die Rettung
in die Arme. Aber auch hier wirkte die Unsicherheit der Verwan-
delbarkeit mit, vielleicht war ich es, der in irgendjemandes Arme
fiel.

[An Milena Jesenská, September 1920; M 274 f.]

Und dann hatte ich unter einer Menge Träume zum Schluß diesen:
Links von mir saß ein Kind im Hemdchen (es war wenigstens nach
meiner Traumerinnerung nicht ganz sicher ob es mein eigenes war,
aber das störte mich nicht) rechts Milena, beide drückten sich an
mich und ich erzählte ihnen eine Geschichte von meiner Briefta-
sche, sie war mir verlorengegangen, ich hatte sie wieder gefunden,
hatte sie aber noch nicht wieder aufgemacht und wußte also nicht,
ob noch das Geld drin war. Aber selbst wenn es verloren war, das
machte nichts, wenn ich nur die zwei bei mir hatte. – Nachfühlen
kann ich jetzt das Glück das ich gegen Morgen hatte natürlich nicht
mehr.

[An Max Brod, zweite Januarhälfte 1921; BKB 309]

Ein Traum, kurz, in einem krampfhaften kurzen Schlaf, krampf-
haft mich festgehalten, in maßlosem Glück. Ein vielverzweigter
Traum, enthaltend 1000 gleichzeitig mit einem Schlag klar wer-

dende Beziehungen, übriggeblieben ist kaum die Erinnerung an das Grundgefühl: Mein Bruder hat ein Verbrechen, ich glaube, einen Mord begangen, ich und andere sind an dem Verbrechen beteiligt, die Strafe, die Auflösung, die Erlösung kommt von der Ferne her näher, mächtig wächst sie heran, an vielen Anzeichen merkt man ihr unaufhaltsames Näherkommen, meine Schwester, glaube ich, kündigt diese Zeichen immer an, die ich immer mit verzückten Ausrufen begrüße, die Verzückung steigert sich mit dem Näherkommen. Meine einzelnen Ausrufe, kurze Sätze, glaubte ich wegen ihrer Sinnfälligkeit nie vergessen zu können und weiß jetzt keinen einzigen mehr genau. Es konnten nur Ausrufe sein, denn das Sprechen machte mir große Mühe, ich mußte die Wangen aufblasen und dabei den Mund verdrehn, wie unter Zahnschmerzen ehe ich ein Wort hervorbekam. Das Glück bestand darin, daß die Strafe kam und ich sie so frei, überzeugt und glücklich willkommen hieß, ein Anblick, der die Götter rühren mußte, auch diese Rührung der Götter empfand ich fast bis zu Tränen.

[Tagebuch, 20. Oktober 1921; KKAT 868 f.]

Nachmittag Traum vom Geschwür an der Wange. Die fortwährend zitternde Grenze zwischen dem gewöhnlichen Leben und dem scheinbar wirklicherem Schrecken.

[Tagebuch, 22. März 1922; KKAT 913]

[...] habe heute von dir geträumt, vielerlei, von dem ich aber nur behalten habe, daß Du aus einem Fenster geschaut hast, entsetzlich mager, das Gesicht ein genaues Dreieck [...].

[An Max Brod, ca. 13. August 1922; BKB 409]

Kunstträume

Sehe ich eine Wurst, die ein Zettel als eine alte harte Hauswurst anzeigt, beiße ich in meiner Einbildung mit ganzem Gebiß hinein und schlucke rasch, regelmäßig und rücksichtslos wie eine Maschine. Die Verzweiflung, welche diese Tat selbst in der Vorstellung zur sofortigen Folge hat, steigert meine Eile. Die langen Schwarten von Rippenfleisch stoße ich ungebissen in den Mund und ziehe sie dann von hinten den Magen und die Därme durchreißend wieder heraus. Schmutzige Greißlerläden esse ich vollständig leer. Fülle mich mit Häringen, Gurken und allen schlechten alten scharfen Speisen an. Bonbons werden aus ihren Blechtöpfen wie Hagel in mich geschüttet. Ich genieße dadurch nicht nur meinen gesunden Zustand, sondern auch ein Leiden, das ohne Schmerzen ist und gleich vorbeigehn kann.

[Tagebuch, 30. Oktober 1911; KKAT 210]

Immerfort die Vorstellung eines breiten Selchermessers das eiligst und mit mechanischer Regelmäßigkeit von der Seite her in mich hineinfährt und ganz dünne Querschnitte losschneidet, die bei der schnellen Arbeit fast eingerollt davonfliegen.

[Tagebuch, 4. Mai 1913; KKAT 560]

Durch das Parterrefenster eines Hauses an einem um den Hals gelegten Strick hineingezogen und ohne Rücksicht wie von einem der nicht acht gibt, blutend und zerfetzt, durch alle Zimmerdecken, Möbel, Mauern und Dachböden hinaufgerissen werden, bis oben auf dem Dach die leere Schlinge erscheint, die meine Reste erst beim Durchbrechen der Dachziegel verloren hat.

[…]
Dieser Flaschenzug im Innern. Ein Häkchen rückt vorwärts, irgendwo im Verborgenen, man weiß es kaum im ersten Augenblick, und schon ist der ganze Apparat in Bewegung. Einer unfaß-
baren Macht unterworfen, so wie die Uhr der Zeit unterworfen
scheint, knackt es hier und dort und alle Ketten rasseln eine nach der
andern ihr vorgeschriebenes Stück herab.

[Tagebuch, 21. Juli 1913; KKAT 567 und 568]

Ich erhob mich von dem Kanapee, auf dem ich mit hochgezogenen
Knien gelegen war, und setzte mich aufrecht. Die Tür die gleich
vom Treppenhaus in mein Zimmer führte, öffnete sich und ein junger Mann mit gesenktem Gesicht und prüfendem Blick trat ein. Er
machte, soweit es im engen Zimmer möglich war, einen Bogen um
das Kanapee und blieb in der Ecke neben dem Fenster im Dunkel
stehn. Ich wollte nachsehn, was das für eine Erscheinung war,
gieng hin und faßte den Mann beim Arm. Es war ein lebendiger
Mensch. Er sah – ein wenig kleiner als ich – lächelnd zu mir hinauf,
schon die Sorglosigkeit mit der er nickte und sagte »Prüfen Sie mich
nur« hätte mich überzeugen sollen. Trotzdem ergriff ich ihn vorn
bei der Weste und hinten beim Rock und schüttelte ihn. Seine
schöne starke goldene Uhrkette fiel mir auf, ich packte sie und
zerrte sie herunter, daß das Knopfloch zerriß, an dem sie befestigt
war. Er duldete es, sah nur auf den Schaden hinunter und versuchte
nutzlos den Westenknopf in dem zerrissenen Knopfloch festzuhal-
ten. Was tust Du? sagte er endlich und zeigte mir die Weste. »Nur
Ruhe!« sagte ich drohend.
Ich fieng an im Zimmer herumzulaufen, aus Schritt kam ich in
Trab, aus Trab in Galopp, immer wenn ich den Mann passiert,
erhob ich gegen ihn die Faust. Er sah mir gar nicht zu sondern arbeitete noch immer an seiner Weste. Ich fühlte mich sehr frei, schon
meine Atmung gieng in außergewöhnlicher Weise vor sich, meine
Brust fühlte nur in den Kleidern ein Hindernis sich riesenhaft zu
heben.

[Tagebuch, 26. Oktober 1913; KKAT 589 f.]

Er entwand sich ihren Kreisen. Nebel umblies ihn. Eine runde Waldlichtung. Der Vogel Phönix im Gebüsch. Eine das Kreuz auf unsichtbarem Gesicht immer wieder schlagende Hand. Kühler ewiger Regen, ein wandelbarer Gesang wie aus atmender Brust.

[Tagebuch, 30. Juli 1917; KKAT 813]

»Nein, laß mich, nein laß mich!« so rief ich unaufhörlich die Gassen entlang und immer wieder faßte sie mich an, immer wieder schlugen von der Seite oder über meine Schultern hinweg die Krallenhände der Sirene in meine Brust

[Tagebuch, 10. August 1917; KKAT 828]

Unverbrüchlicher Traum. Sie lief die Landstraße entlang, ich sah sie nicht, ich merkte nur, wie sie sich im Laufen schwang, wie ihr Schleier flog, wie ihr Fuß sich hob, ich saß am Feldrand und blickte in das Wasser des kleinen Baches. Sie durchlief die Dörfer, Kinder standen in den Türen, sahen ihr entgegen und sahen ihr nach.

[H 108]

Ich stand auf dem Balkon meines Zimmers. Es war sehr hoch, ich zählte die Fensterreihen, es war im sechsten Stockwerk. Unten waren Rasenanlagen, es war ein kleiner von drei Seiten geschlossener Platz, es war wohl in Paris. Ich ging ins Zimmer hinein, die Tür ließ ich offen, es schien zwar erst März oder April zu sein, aber der Tag war warm. In einer Ecke stand ein kleiner, sehr leichter Schreibtisch, ich hätte ihn mit einer Hand heben und in der Luft herumschwingen können. Jetzt aber setzte ich mich zu ihm, Tinte und Feder war bereit, ich wollte eine Ansichtskarte schreiben. Ich griff unsicher, ob ich eine Karte hätte, in die Tasche, da hörte ich einen Vogel und bemerkte, als ich herumsah, auf dem Balkon an der Hausmauer einen Vogelbauer. Gleich ging ich wieder hinaus, ich mußte mich auf die Fußspitzen heben, um den Vogel zu sehn, es war ein Kanarienvogel. Dieser Besitz freute mich sehr. Ich drückte ein Stückchen grünen Salats, der zwischen den Gitterstäbchen steckte, tiefer hinein und ließ den Vogel daran knabbern. Dann wandte ich mich wieder dem Platz zu, rieb die Hände und beugte mich flüchtig über das Geländer. Jenseits des Platzes in einem Mansardenzimmer schien mich jemand mit einem Operngucker zu beobachten, wahrscheinlich, weil ich ein neuer Mieter war, das war kleinlich, aber vielleicht war es ein Kranker, dem die Fensteraussicht die Welt ist. Da ich in den Taschen doch eine Karte gefunden hatte, ging ich ins Zimmer, um zu schreiben, auf der Karte war allerdings keine Ansicht von Paris, sondern nur ein Bild, es hieß Abendgebet, man sah einen stillen See, im Vordergrund ganz wenig Schilf, in der Mitte ein Boot und darin eine junge Mutter mit ihrem Kind im Arm.

[H 182 f.]

Ich richtete mich auf und sah, wie aus dem rundbogigen kleinen Fenster des Verschlags, der in der Mitte des Bootes aufgebaut war, eine Hand grüßend sich ausstreckte und das starke Gesicht einer Frau, von einem schwarzen Spitzentuch eingerahmt, dort erschien. »Mutter?« fragte ich lächelnd. »Wenn du willst –«, sagte sie. »Du bist aber viel jünger als der Vater?« sagte ich. »Ja«, sagte sie, »viel jünger, er könnte mein Großvater sein und du mein Mann.« »Weißt du«, sagte ich, »es ist so erstaunlich, wenn man allein in der Nacht im Boot fährt und plötzlich ist eine Frau da.«

[H 229]

»Der große Schwimmer! Der große Schwimmer!« riefen die Leute. Ich kam von der Olympiade in Antwerpen, wo ich einen Weltrekord im Schwimmen erkämpft hatte. Ich stand auf der Freitreppe des Bahnhofes meiner Heimatstadt – wo ist sie? – und blickte auf die in der Abenddämmerung undeutliche Menge. Ein Mädchen, dem ich flüchtig über die Wange strich, hängte mir flink eine Schärpe um, auf der in einer fremden Sprache stand: Dem olympischen Sieger. Ein Automobil fuhr vor, einige Herren drängten mich hinein, zwei Herren fuhren auch mit, der Bürgermeister und noch jemand. Gleich waren wir in einem Festsaal, von der Galerie herab sang ein Chor als ich eintrat, alle Gäste, es waren Hunderte, erhoben sich und riefen im Takt einen Spruch, den ich nicht genau verstand. Links von mir saß ein Minister, ich weiß nicht, warum mich das Wort bei der Vorstellung so erschreckte, ich maß ihn wild mit den Blicken, besann mich aber bald, rechts saß die Frau des Bürgermeisters, eine üppige Dame, alles an ihr, besonders in der Höhe der Brüste, erschien mir voll Rosen und Straußfedern. Mir gegenüber saß ein dicker Mann mit auffallend weißem Gesicht, seinen Namen hatte ich bei der Vorstellung überhört, er hatte die Ellbogen auf den Tisch gelegt – es war ihm besonders viel Platz gemacht worden – sah vor sich hin und schwieg, rechts und links von ihm saßen zwei schöne blonde Mädchen, lustig waren sie, immerfort hatten sie etwas zu erzählen und ich sah von einer zur andern. Weiterhin konnte ich trotz der reichen Beleuchtung die Gäste nicht scharf erkennen, vielleicht weil alles in Bewegung war, die Diener umherliefen, die Speisen gereicht, die Gläser gehoben wurden, vielleicht war alles sogar allzusehr beleuchtet. Auch war eine gewisse Unordnung – die einzige übrigens – die darin bestand, daß einige Gäste, besonders Damen, mit dem Rücken zum Tisch gekehrt saßen, und zwar so, daß nicht etwa die Rückenlehne des Sessels dazwischen war, sondern der Rücken den Tisch fast berührte. Ich machte die Mädchen mir gegenüber darauf aufmerksam, aber während sie sonst so gesprächig waren, sagten sie diesmal nichts, sondern lächelten mich nur mit langen Blicken an. Auf ein Glockenzeichen – die Diener erstarrten zwischen den Sitzreihen – erhob sich der Dicke gegenüber und hielt eine Rede. Warum nur der Mann so traurig war! Während der Rede betupfte er mit dem Taschentuch das Gesicht; das wäre ja hingegangen; bei seiner Dicke, der Hitze im Saal, der Anstrengung des Redens wäre das verständlich gewesen, aber ich merkte deutlich, daß das Ganze nur eine List war, die verbergen sollte, daß er sich die Tränen aus den Augen wischte. Dabei blickte er immerfort mich an, aber so als sähe er nicht mich, sondern mein offenes Grab. Nachdem er geendet hatte, stand natürlich ich auf und hielt auch eine Rede. Es drängte mich geradezu zu sprechen, denn manches schien mir hier und wahrscheinlich auch anderswo der öffentlichen und offenen Aufklärung bedürftig, darum begann ich:

Geehrte Festgäste! Ich habe zugegebenermaßen einen Weltrekord, wenn Sie mich aber fragen würden, wie ich ihn erreicht habe, könnte ich Ihnen nicht befriedigend antworten. Eigentlich kann ich nämlich gar nicht schwimmen. Seit jeher wollte ich es lernen, aber es hat sich keine Gelegenheit dazu gefunden. Wie kam es nun aber, daß ich von meinem Vaterland zur Olympiade geschickt wurde? Das ist eben auch die Frage, die mich beschäftigt. Zunächst muß ich feststellen, daß ich hier nicht in meinem Vaterland bin und trotz großer Anstrengung kein Wort von dem verstehe, was hier gesprochen wird. Das Naheliegendste wäre nun, an eine Verwechslung zu glauben, es liegt aber keine Verwechslung vor, ich habe den Rekord, bin in meine Heimat gefahren, heiße so wie Sie mich nennen, bis dahin stimmt alles, von da ab aber stimmt nichts mehr, ich bin nicht in meiner Heimat, ich kenne und verstehe Sie nicht. Nun aber noch etwas, was nicht genau, aber doch irgendwie der Möglichkeit einer Verwechslung widerspricht: es stört mich nicht sehr, daß ich Sie nicht verstehe, und auch Sie scheint es nicht sehr zu stören, daß Sie mich nicht verstehen. Von der Rede meines geehrten Herrn Vorredners glaube ich nur zu wissen, daß sie trostlos traurig war, aber dieses Wissen genügt mir nicht nur, es ist mir sogar noch zuviel. Und ähnlich verhält es sich mit allen Gesprächen, die ich seit meiner Ankunft hier geführt habe. Doch kehren wir zu meinem Weltrekord zurück.

[H 231–233]

»Sind wir auf dem richtigen Weg?« fragte ich unsern Führer, einen griechischen Juden. Er wandte mir im Licht der Fackel sein bleiches sanftes trauriges Gesicht zu. Ob wir auf dem richtigen Weg waren, schien ihm völlig gleichgültig. Wie kamen wir auch zu diesem Führer, der, statt uns hier durch die Katakomben von Rom zu führen, bisher nur schweigend mitging, wo wir gingen? Ich blieb stehn und wartete, bis unsere ganze Gesellschaft eng beisammen war. Ich fragte, ob niemand fehle; es wurde niemand vermißt. Ich mußte mich damit zufrieden geben, denn ich selbst kannte niemanden von ihnen; im Gedränge, Fremde, waren wir hinter dem Führer her in die Katakomben hinabgestiegen, erst jetzt suchte ich mit ihnen eine Art Bekanntschaft zu schließen.

[H 252]

Läufst du immerfort vorwärts, plätscherst weiter in der lauen Luft, die Hände seitwärts wie Flossen, siehst flüchtig im Halbschlaf der Eile alles an, woran du vorüberkommst, wirst du einmal auch den Wagen an dir vorüberrollen lassen. Bleibst du aber fest, läßt mit der Kraft des Blicks die Wurzeln wachsen tief und breit – nichts kann dich beseitigen und es sind doch keine Wurzeln, sondern nur die Kraft deines zielenden Blicks –, dann wirst du auch die unveränderliche dunkle Ferne sehn, aus der nichts kommen kann als eben nur einmal der Wagen, er rollt heran, wird immer größer, wird in dem Augenblick, in dem er bei dir eintrifft, welterfüllend und du versinkst in ihm wie ein Kind in den Polstern eines Reisewagens, der durch Sturm und Nacht fährt.

[H 255]

Ich schärfte die Sense und begann zu schneiden. Es fiel viel vor mir nieder, dunkle Massen, ich schritt zwischen ihnen durch, ich wußte nicht, was es war. Aus dem Dorf riefen warnende Stimmen, ich hielt sie aber für ermutigende Stimmen und ging weiter. Ich kam zu einer kleinen Holzbrücke, nun war die Arbeit zu Ende und ich übergab die Sense einem Mann, der dort wartete, die eine Hand nach ihr ausstreckte und mit der andern wie einem Kind über meine Wange strich. In der Mitte der Brücke bekam ich Zweifel, ob ich auf dem richtigen Weg sei, und rief laut in die Finsternis, aber es antwortete niemand. Da ging ich wieder zurück auf das feste Land, um den Mann zu fragen, aber er war nicht mehr dort.

[H 277]

»Wie bin ich hierhergekommen?« rief ich. Es war ein mäßig großer, von mildem elektrischem Licht beleuchteter Saal, dessen
Wände ich abschritt. Es waren zwar einige Türen vorhanden, öffnete man sie aber, dann stand man vor einer dunklen glatten Fels-
wand, die kaum eine Handbreit von der Türschwelle entfernt war
und geradlinig aufwärts und nach beiden Seiten in unabsehbare
Ferne verlief. Hier war kein Ausweg. Nur eine Tür führte in ein
Nebenzimmer, die Aussicht dort war hoffnungsreicher, aber nicht
weniger befremdend als bei den anderen Türen. Man sah in ein
Fürstenzimmer, Rot und Gold herrschte dort vor, es gab dort mehrere wandhohe Spiegel und einen großen Glaslüster. Aber das war
noch nicht alles.

[H 282]

Es wurde mir erlaubt, in einen fremden Garten einzutreten. Beim
Eingang waren einige Schwierigkeiten zu überwinden, aber
schließlich stand hinter einem Tischchen ein Mann halb auf und
steckte mir eine dunkelgrüne Marke, die von einer Stecknadel
durchstochen war, ins Knopfloch. »Das ist wohl ein Orden«, sagte
ich im Scherz, aber der Mann klopfte mir nur kurz auf die Schulter,
so als wolle er mich beruhigen – aber warum denn beruhigen? –
Durch einen Blick verständigten wir uns darüber, daß ich jetzt ein-
treten könne. Aber nach ein paar Schritten erinnerte ich mich, daß
ich noch nicht gezahlt hatte. Ich wollte umkehren, aber da sah ich
eine große Dame in einem Reisemantel aus gelblichgrauem grobem
Stoff eben bei dem Tischchen stehn und eine Anzahl winziger Mün-
zen auf den Tisch zählen. »Das ist für Sie«, rief der Mann, der meine
Unruhe wahrscheinlich bemerkt hatte, über den Kopf der tief hin-
abgebeugten Dame mir zu. »Für mich?« fragte ich ungläubig und
sah hinter mich, ob nicht jemand anderer gemeint war. »Immer
diese Kleinlichkeiten«, sagte ein Herr, der vom Rasen herkam,
langsam den Weg vor mir querte und wieder im Rasen weiterging.
»Für Sie. Für wen denn sonst? Hier zahlt einer für den andern.« Ich
dankte für die allerdings unwillig gegebene Auskunft, machte aber
den Herrn darauf aufmerksam, daß ich für niemanden gezahlt

hatte. »Für wen sollten Sie denn zahlen?« sagte der Herr im Weggehn. Jedenfalls wollte ich auf die Dame warten und mich mit ihr zu verständigen suchen, aber sie nahm einen andern Weg, mit ihrem Mantel rauschte sie dahin, zart flatterte hinter der mächtigen Gestalt ein bläulicher Hutschleier. »Sie bewundern Isabella«, sagte ein Spaziergänger neben mir und sah gleichfalls der Dame nach. Nach einer Weile sagte er: »das ist Isabella.«

[H 294 f.]

Ein Traum

Josef K. träumte:

Es war ein schöner Tag und K. wollte spazierengehen. Kaum aber hatte er zwei Schritte gemacht, war er schon auf dem Friedhof. Es waren dort sehr künstliche, unpraktisch gewundene Wege, aber er glitt über einen solchen Weg wie auf einem reißenden Wasser in unerschütterlich schwebender Haltung. Schon von der Ferne faßte er einen frisch aufgeworfenen Grabhügel ins Auge, bei dem er haltmachen wollte. Dieser Grabhügel übte fast eine Verlockung auf ihn aus und er glaubte, gar nicht eilig genug hinkommen zu können. Manchmal aber sah er den Grabhügel kaum, er wurde ihm verdeckt durch Fahnen, deren Tücher sich wanden und mit großer Kraft aneinanderschlugen; man sah die Fahnenträger nicht, aber es war, als herrsche dort viel Jubel.

Während er den Blick noch in die Ferne gerichtet hatte, sah er plötzlich den gleichen Grabhügel neben sich am Weg, ja fast schon hinter sich. Er sprang eilig ins Gras. Da der Weg unter seinem abspringenden Fuß weiter raste, schwankte er und fiel gerade vor dem Grabhügel ins Knie. Zwei Männer standen hinter dem Grab und hielten zwischen sich einen Grabstein in der Luft; kaum war K. erschienen, stießen sie den Stein in die Erde und er stand wie festgemauert. Sofort trat aus einem Gebüsch ein dritter Mann hervor, den K. gleich als einen Künstler erkannte. Er war nur mit Hosen und einem schlecht zugeknöpften Hemd bekleidet; auf dem Kopf hatte er eine Samtkappe; in der Hand hielt er einen gewöhnlichen Bleistift, mit dem er schon beim Näherkommen Figuren in der Luft beschrieb.

Mit diesem Bleistift setzte er nun oben auf dem Stein an; der Stein war sehr hoch, er mußte sich gar nicht bücken, wohl aber mußte er sich vorbeugen, denn der Grabhügel, auf den er nicht treten wollte, trennte ihn von dem Stein. Er stand also auf den Fußspitzen und stützte sich mit der linken Hand auf die Fläche des Steines. Durch eine besonders geschickte Hantierung gelang es ihm, mit dem gewöhnlichen Bleistift Goldbuchstaben zu erzielen; er schrieb: ›Hier ruht –‹ Jeder Buchstabe erschien rein und schön, tief geritzt und in vollkommenem Gold. Als er die zwei Worte geschrieben hatte, sah er nach K. zurück; K., der sehr begierig auf das Fortschreiten der Inschrift war, kümmerte sich kaum um den Mann, sondern blickte nur auf den Stein. Tatsächlich setzte der Mann wieder zum Weiterschreiben an, aber er konnte nicht, es bestand irgendein Hindernis, er ließ den Bleistift sinken und drehte sich wieder nach K. um. Nun sah auch K. den Künstler an und merkte, daß dieser in großer Verlegenheit war, aber die Ursache dessen nicht sagen konnte. Alle seine frühere Lebhaftigkeit war verschwunden. Auch K. geriet dadurch in Verlegenheit; sie wechselten hilflose Blicke; es lag ein häßliches Mißverständnis vor, das keiner auflösen konnte. Zur Unzeit begann nun auch eine kleine Glocke von der Grabkapelle zu läuten, aber der Künstler fuchtelte mit der erhobenen Hand und sie hörte auf. Nach einem Weilchen begann sie wieder; diesmal ganz leise und, ohne besondere Aufforderung, gleich abbrechend; es war, als wolle sie nur ihren Klang prüfen. K. war untröstlich über die Lage des Künstlers, er begann zu weinen und schluchzte lange in die vorgehaltenen Hände. Der Künstler wartete, bis K. sich beruhigt hatte, und entschloß sich dann, da er keinen andern Ausweg fand, dennoch zum Weiterschreiben. Der erste kleine Strich, den er machte, war für K. eine Erlösung, der Künstler brachte ihn aber offenbar nur mit dem äußersten Widerstreben zustande; die Schrift war auch nicht mehr so schön, vor allem schien es an Gold zu fehlen, blaß und unsicher zog sich der Strich hin, nur sehr groß wurde der Buchstabe. Es war ein J, fast war es schon beendet, da stampfte der Künstler wütend mit einem Fuß in den Grabhügel hinein, daß die Erde ringsum in die Höhe flog. Endlich verstand ihn K.; ihn abzubitten war keine Zeit mehr; mit allen Fingern grub er in die Erde, die fast keinen Widerstand leistete; alles schien vorbereitet; nur zum

Schein war eine dünne Erdkruste aufgerichtet; gleich hinter ihr öffnete sich mit abschüssigen Wänden ein großes Loch, in das K., von einer sanften Strömung auf den Rücken gedreht, versank. Während er aber unten, den Kopf im Genick noch aufgerichtet, schon von der undurchdringlichen Tiefe aufgenommen wurde, jagte oben sein Name mit mächtigen Zierarten über den Stein.
Entzückt von diesem Anblick erwachte er.

[1914; E 145–147][44]

Sie riefen. Es war schön. Wir standen auf, die verschiedensten Leute, versammelten uns vor dem Haus. Die Straße war still, wie an jedem frühen Morgen. Ein Bäckerjunge setzte seinen Korb nieder und sah uns zu. Alle kamen dicht hintereinander die Treppe herabgelaufen, die Bewohner aller 6 Stockwerke waren durcheinandergemischt, ich selbst half dem Kaufmann aus dem ersten Stock den Überzieher anzuziehn, den er bisher hinter sich hergeschleift hatte. Dieser Kaufmann führte uns, das war richtig, er war am meisten von uns allen in der Welt durchgesiebt. Zunächst ordnete er uns zu einem Haufen, ermahnte die Unruhigsten zur Ruhe, den Hut des Bankbeamten, den dieser immerfort schwenkte, nahm er und warf ihn auf die andere Straßenseite, jedes Kind wurde von einem Erwachsenen an die Hand genommen.

[Tagebuch, 21. Juli 1916; KKAT 799]

Die zum Sterben Bereiten, sie lagen am Boden, sie lehnten an den Möbeln, sie klapperten mit den Zähnen, sie tasteten, ohne sich vom Platz zu rühren, die Wand ab.

[H 280]

Anmerkungen

1 Die Traumaufzeichnung leitet im Tagebuch Kafkas eine kleine Gruppe von Texten über die Tänzerin Jewgenja Eduardowa (1882–1960) ein. Diese Aufzeichnungen sind nicht datiert; ihnen liegt aber ein reales Ereignis zugrunde. Am 24. und 25. Mai 1909 war das Petersburger kaiserlich-russische Ballett in Prag aufgetreten. Kafka muß eine der Aufführungen besucht haben, denn im Januar 1913 schrieb er an seine spätere Verlobte Felice Bauer: »[...] morgen ist das Russische Ballett zu sehn. Ich habe es schon vor 2 [!] Jahren einmal gesehn und Monate davon geträumt, besonders von einer ganz wilden Tänzerin Eduardowa.« (F 254]
Die Tagebuchtexte zeigen, wie ein Traumerlebnis von Kafka literarisch fruchtbar gemacht wurde. Die Traumaufzeichnung endete zunächst mit dem Satz »Oh nein sagte ich das nicht und schloß den Traum.«; Kafka strich – nachdem er schon einen Querstrich unter die Notiz gesetzt hatte – den letzten Halbsatz, ersetzte ihn durch: »und wandte mich in eine beliebige Richtung zum Gehn.« und schrieb dann wohl die Fortsetzung, die mit den Worten: »Vorher fragte ich sie [...]« beginnt. Möglicherweise gehört diese Fortsetzung also nicht mehr zum Traum, sondern ist bereits freie Erfindung und markiert den Übergang zur Literatur. Literarisch-fiktiv sind in jedem Fall die sich daran anschließenden Skizzen; in der ersten wird erzählt, wie die Eduardowa in Begleitung zweier Violinisten, »die sie häufig spielen läßt«, in der Straßenbahn fährt, in der zweiten stellt Kafka sich eine Begegnung mit der Tänzerin »im Freien« vor, wo sie »nicht so hübsch [ist] wie auf der Bühne«. [KKAT 10 f.] Diese beiden Texte sind sprachlich stark durchgearbeitet, weisen also im Manuskript eine große Anzahl von Streichungen, Ersetzungen, Umstellungen etc. auf. In der Traumaufzeichnung kommen dagegen fast nur kleinere Korrekturen vor, die aufgrund von Flüchtigkeitsfehlern notwendig wurden.

2 Kafka war im Oktober 1910 zusammen mit den Brüdern Max (1884–1968) und Otto (1888–1944) Brod nach Paris gereist. Eine schmerzhafte Furunkulose zwang ihn dazu, ohne seine Begleiter vorzeitig wieder nach Prag zurückzukehren. Der Traum ist auf einer von drei

Ansichtskarten niedergeschrieben, die zusammenhängend beschriftet wurden und an »Monsieur Otto Brod / Paris / Grand Hotel La Bruyère« adressiert sind; die Anrede lautet allerdings »Lieber Max«. Kafka wollte seine Freunde wohl vor allem über seinen Gesundheitszustand informieren; er schreibt: »Im übrigen erklärte der Doktor über meinen rückwärtigen Anblick entsetzt zu sein, die 5 neuen Abcesse sind nicht mehr so wichtig, da sich ein Hautausschlag zeigt, der ärger als alle Abcesse ist [...]. Meine Idee, die ich dem Doktor natürlich nicht verraten habe, ist, daß mir diesen Ausschlag die internationalen Prager, Nürnberger u. besonders Pariser Pflaster gemacht haben.« Von dem Straßenverkehr in Paris zeigte sich Kafka auch bei einer zweiten Reise in die Stadt im Jahr 1911 beeindruckt; diese Eindrücke fanden in der sogenannten »Kleinen Automobilgeschichte« ihren Niederschlag, in der er einen Unfall zwischen einem Automobil und einem »Tricykle« beschreibt. [Der Text ist in den ›Reisetagebüchern‹ enthalten; KKAT 1012–1017.]

3 Die Traumaufzeichnung wird durch eine Klage eingeleitet, die in Tagebüchern und Briefen Kafkas immer wieder, in zahlreichen Varianten formuliert wird; er schreibt, daß er nicht schlafen könne: »Gegen 5 ist die letzte Spur von Schlaf verbraucht, ich träume nur, was anstrengender ist als Wachen.« Er versucht dies auch zu erklären: »Ich glaube, diese Schlaflosigkeit kommt nur daher, daß ich schreibe.«
In dem Schreckenstraum kommen einige real existierende Personen vor. Die Leitmeritzer Tante ist Karoline Kohn, die Witwe eines frühverstorbenen Onkels von Kafka, die in Leitmeritz ein Geschäft besaß. Robert Marschner (1865–1934) war der leitende Direktor der Arbeit-Unfall-Versicherungs-Anstalt, bei der Kafka seit 1908 angestellt war; ein beinahe freundschaftliches Verhältnis verband Kafka mit seinem Vorgesetzten.
In einem Nachsatz zu der Traumaufzeichnung heißt es: »Ich war heute so schwach daß ich sogar meinem Chef [Eugen Pfohl, der direkte Dienstvorgesetzte] die Geschichte von dem Kind erzählte. – Jetzt erinnerte ich mich, daß die Brille im Traum von meiner Mutter stammt, die am Abend neben mir sitzt und unter ihrem Zwicker während des Kartenspiels nicht sehr angenehm zu mir herüberschaut. Ihr Zwicker hat sogar, was ich früher bemerkt zu haben mich nicht erinnere das rechte Glas näher dem Auge als das linke.« [KKAT 52]

4 Dieser Traum hat möglicherweise seine Wurzeln in Erlebnissen, die Kafka mit seinem Freund Max Brod auf einer gemeinsamen Reise nach Oberitalien und Paris im August / September 1911 hatte. Schon in Mai-

land hatten die beiden offenbar ein Bordell besucht. Kafka notiert in seinem Reisetagebuch: »Transparente Überschrift in der Tiefe des Flurs über dem Bordell: Al vero Eden.« [KKAT 968] und beschreibt dann recht detailliert die Mädchen. Vielleicht hatte er sich aber – zum Leidwesen von Brod – den Vergnügungen vorzeitig entzogen. Jedenfalls schließt der Tagebuchbericht über Mailand mit der kryptischen Notiz: »Entschuldigung bei Max wegen des Bordells am Morgen«. [KKAT 970] Zu einer solchen Flucht Kafkas kam es mit Sicherheit wenige Tage später in Paris; er berichtet: »[...] der große Schritt, mit dem die Erwählte vortritt, der Griff der Madame mit dem sie mich auffordert... ich mich zum Ausgang gezogen fühle. Unmöglich mir vorzustellen wie ich auf die Gasse kam, so rasch war es.« [KKAT 1006]. Äußerst ambivalente Gefühle scheinen auch das Ich des Traums zu beherrschen, während Max als jemand beschrieben wird, der sogar in dem bedrohlichen Ambiente »ohne Angst« seine Kartoffelsuppe ißt.

5 Es besteht die entfernte Möglichkeit, daß in diesen Traum wie in den vom 9. Oktober 1911 Eindrücke eingegangen sind, die Kafka auf der Urlaubsreise des Jahres 1911 sammelte. Am 27. August hatten Brod und er in Zürich Zwischenstation gemacht, allerdings gibt es in ihren Aufzeichnungen keinerlei Hinweise auf einen Besuch einer Versammlung der dortigen Heilsarmee.

Mit dem später erwähnten Otto ist wieder der Bruder von Max Brod gemeint. Außer auf der schon erwähnten Parisreise des Jahres 1910 [siehe Anm. 2], war er auch im September 1909 auf einer Fahrt nach Riva und Brescia mit von der Partie gewesen.

6 In dieser Aufzeichnung kommen zahlreiche Lokalitäten der Prager Altstadt vor, die Kafka von Jugend auf vertraut waren. Der Altstädter Ring ist der große zentrale Platz der Altstadt; Kafkas Geburtshaus hatte sich ganz in der Nähe befunden, und im Haus Altstädterring Nr. 2 hatte die Familie von 1889–1896 gewohnt. In der Niklasstraße Nr. 36 wohnte sie seit Juni 1907. Im gleichfalls am Ring gelegenen Kinsky-Palais war das Gymnasium untergebracht, das Kafka besucht hatte; später verlegte sein Vater sein Geschäft in dieses Gebäude. Der Gebäudekomplex mit dem alten Rathaus trennt den Altstädter vom sogenannten Kleinen Ring; am Rathaus ist die berühmte Astronomische Uhr angebracht. Die Niklaskirche und die Teynkirche liegen an dem Platz, auf dem sich auch eine Mariensäule befand, die 1918 abgetragen wurde. Das Denkmal für den tschechischen Reformator Jan Hus wurde 1915 eingeweiht. Eine Eisengasse existierte ebenfalls, den alten Brunnen vor dem Rathaus wird Kafka aus Erzählungen oder von Abbildungen gekannt haben,

einzig das Kaiserschloß findet – wie er ja selbst anmerkt – keine Entsprechung in der Realität.

Für »Teater« und Theateraufführungen zeigte Kafka vom September 1911 an verstärktes Interesse. Allerdings handelte es sich nicht um ein Theater im traditionellen Sinn; er besuchte regelmäßig Aufführungen einer jiddischen Schauspielertruppe, zu der die von ihm bald verehrte Mania Tschisik und Jizchak Löwy, zu dem sich ein freundschaftliches Verhältnis entwickelte, gehörten. Die »Juden«, wie er sie nennt, traten im Prager »Café Savoy« auf einer improvisierten Bühne auf, auf der eine Dekoration der Art, wie er sie träumt, nicht realisierbar war. Möglicherweise gibt es in dem Traum dennoch eine Reminiszenz an eine Veranstaltung des Jargon-Theaters; am 5. Oktober sah Kafka nämlich die Schauspielerin Flora Klug in einer Hosenrolle: »Frau Klug ›Herrenimitatorin‹. Im Kaftan kurzen schwarzen Hosen, weißen Strümpfen [. . .].« [KKAT 57]

7 ›Das weite Land‹, die Tragikomödie von Arthur Schnitzler stand in der Saison 1911/12 auf dem Spielplan des Neuen Deutschen Theaters. Am 30. Oktober 1911 war Schnitzler bei einer Aufführung seines Stücks anwesend; das Drama wurde auch am 18. November, also einen Tag bevor Kafka den Traum aufschrieb, gegeben. Es ist nicht auszuschließen, daß er eine dieser Aufführungen sah. Allerdings gibt es keine erkennbaren Parallelen zwischen der erträumten Inszenierung und der, wie sie tatsächlich damals gewesen sein muß.

Emil Utitz (1883–1956) war ein ehemaliger Mitschüler Kafkas. Er hatte 1910 einen Ruf als Dozent für Philosophie an die Universität Rostock erhalten und hätte wohl auch im Traum nicht daran gedacht, Schnitzlers Stück zu bearbeiten. Ein solcher »Schulkollege« war auch Paul Kisch (1883–1944), ein Bruder des »rasenden Reporters« Egon Erwin, der aber nicht nur aufgrund seines Germanistikstudiums, sondern auch aufgrund seiner deutsch-nationalen Gesinnung den Beinamen »der deutsche« erhalten hatte. Eine Schauspielerin namens Gertrud Hackelberg war damals am Deutschen Landestheater beschäftigt, sie trat aber in den Aufführungen von ›Das weite Land‹ nicht auf. Zusammen mit Jizchak Löwy hatte Kafka tatsächlich am 16. Oktober 1911 im Tschechischen Nationaltheater ein Theaterstück gesehen, die ›Dubrovnická trilogie‹ von Ivo Vojnović. Der Abend wurde ihm damals einmal dadurch verdorben, daß »Stück und Aufführung [. . .] trostlos« waren, zum anderen dadurch, daß Löwy ihm »außerdem« seinen Tripper gestand: »dann berührte mein Haar das seine als ich seinem Kopf mich zuneigte, ich bekam Furcht wegen immerhin möglicher Läuse [. . .]« [KKAT 93] Es ist noch anzufügen, daß Kafka Schnitzler für einen schlechten Schriftsteller hielt: »[. . .] ich liebe den Schnitzler gar nicht und achte ihn kaum; gewiß kann er manches, aber seine großen Stücke und seine große Prosa sind für mich angefüllt mit einer geradezu schwankenden Masse widerlichster Schreiberei. Man kann ihn gar nicht tief genug hinunterstoßen.« [An Felice Bauer, 14./15. Februar 1913; F 299]

8 Es ist nicht sicher, ob Kafka hier ein tatsächlich existierendes Bild des französischen Malers Jean Auguste Dominique Ingres (1780–1867) vor Augen stand. Offenbar kamen ihm selbst bei der Niederschrift des Traums Zweifel: das Bild ist »angeblich« von Ingres.

9 Offensichtlich steht dieser Traum mit einem Berlin-Aufenthalt Kafkas in Verbindung, der schon über ein Jahr zurücklag (3. bis 9. Dezember 1910). Der renommierte Lungenfacharzt und Direktor der Klinik für innere Medizin der Charité Ernst von Leyden war am 5. Oktober 1910 in Berlin-Charlottenburg gestorben; während Kafkas Aufenthalt berichteten die Berliner Zeitungen ausführlich über Gedenkfeiern, die zu Ehren des Verstorbenen abgehalten wurden.
Gegenüber seinem Vater, Hermann Kafka, empfand Kafka auch im wirklichen Leben ein starkes Unterlegenheitsgefühl; im ›Brief an den Vater‹ heißt es z. B.: »Ich war ja schon niedergedrückt durch Deine bloße Körperlichkeit.« [H 123]

10 Diese kurze Aufzeichnung ist im Reisetagebuch ›Weimar/Jungborn 1912‹ enthalten. Kafka hielt sich am 10. Juli 1912 in einem Sanatorium in Jungborn im Harz auf. Zuvor hatte er mit Max Brod eine Reise nach Weimar unternommen und dort auch mehrfach das Goethehaus besucht, wo ihn allerdings zeitweise weniger die Erinnerungsstücke an den toten Dichterfürsten faszinierten als die schöne junge Tochter des Hausmeisters: »Goethehaus. Repräsentationsräume. Flüchtiger Anblick des Schreib- und Schlafzimmers. Trauriger an tote Großväter erinnernder Anblick. [. . .] Schon als wir im Treppenhaus unten saßen, lief sie mit ihrer kleinen Schwester an uns vorüber. [. . .] Dann sahn wir sie wieder im Junozimmer, dann beim Ausblick aus dem Gartenzimmer. Ihre Schritte und ihre Stimme glaubte ich noch öfters zu hören.« [KKAT 1025] Daß Kafka aber im allgemeinen Goethe sehr bewunderte, wird durch zahlreiche Briefstellen und Tagebucheintragungen belegt; er kannte nicht nur eine ganze Reihe von dessen Werken, sondern las auch mit Begeisterung Bücher über ihn.
Am 28. Februar 1912 hatte er in Prag einen Vortragsabend des berühmten Schauspielers Alexander Moissi besucht, auf dem dieser auch einige Goethegedichte deklamierte. Kafka merkte dazu kritisch an: »Goethes

Gedichte unerreichbar für den Recitator, deshalb kann man aber nicht gut einen Fehler bei diesem Recitieren aussetzen, weil jedes zum Ziele hinarbeitet.« [KKAT 394]

11 Auch diese Eintragung stammt aus der Zeit, in der Kafka sich in dem Sanatorium in Jungborn aufhielt. Man setzte dort auf alternative Heilverfahren: die männlichen Patienten wohnten in Holzhütten im »Herrenluftpark«, in dem sie im unbekleideten Zustand herumliefen und Turnübungen absolvierten. Kafka nahm dem Treiben gegenüber eine ambivalente Haltung ein. So weigerte er sich, sich nackt auszuziehen, und wurde dafür »der Mann mit den Schwimmhosen« genannt [KKAT 1041]. Sein Bericht über den Vortrag eines Arztes, in dem auch die »Luftbade-Therapie« angepriesen wurde, ist ironisch distanziert: »9. Juli <1912> [...] Gestern abend Vortrag über Kleidung. Den Chinesinnen wurden die Füße verkrüppelt, damit sie einen großen Hintern bekommen. [...] Der Arzt, früherer Officier, geziertes, irrsinnig, weinerlich, burschikos aussehendes Lachen. [...] (Aus seinem gestrigen Vortrag: ›Wenn man selbst vollständig verkrüppelte Zehen hat, an einer solchen Zehe aber zieht und dabei tief atmet, so kann man sie mit der Zeit gerade machen.‹ Nach einer bestimmten Übung wachsen die Geschlechtsteile. Aus den Verhaltensmaßregeln: ›Luftbäder in der Nacht sind sehr zu empfehlen (ich gleite einfach wenn es mir paßt aus meinem Bett und trete in die Wiese vor meiner Hütte) nur soll man sich dem Mondlicht nicht zu sehr aussetzen, das ist schädlich‹) Unsere gegenwärtigen Kleider kann man gar nicht waschen!!« [KKAT 1040f.] Am 11. Juli notierte er: »Hie und da bekomme ich leichte oberflächliche Übelkeiten, wenn ich, meistens allerdings in einiger Entfernung, diese gänzlich Nackten langsam zwischen den Bäumen sich vorbeibewegen sehe. Ihr Laufen macht es nicht besser. [...] Auch alte Herren, die nackt über Heuhaufen springen, gefallen mir nicht.« [KKAT 1043] Auf der anderen Seite fühlte Kafka sich der Luftbadegesellschaft auch zugeneigt; an Brod schrieb er am 22. Juli 1912: »Sag nichts gegen die Gesellligkeit! Ich bin der Menschen wegen auch hergekommen und bin zufrieden, daß ich mich wenigstens darin nicht getäuscht habe. Wie lebe ich denn in Prag! Dieses Verlangen nach Menschen, das ich habe und das sich in Angst verwandelt, wenn es erfüllt wird, findet sich erst in den Ferien zurecht; ich bin gewiß ein wenig verwandelt.« [BKB 108f.]

12 Es gibt hier einige deutliche Parallelen zu dem im Oktober des Jahres geschriebenen ersten Kapitel des sog. ›Amerika‹-Romans [›Der Verschollene‹], in dem die Ankunft des Protagonisten im Hafen von *New York* dargestellt wird. [Siehe S. 96f.] Mit einer ersten Fassung des Romans

hatte Kafka sich schon während seines Aufenthalts in dem Sanatorium in Jungborn im Juli 1912 beschäftigt [Vgl. BKB 104, 108]. Am 9. Juli hatte er aus der Kuranstalt an Brod geschrieben: »Es gefällt mir hier ganz gut, die Selbständigkeit ist so hübsch und eine Ahnung von Amerika wird diesen armen Leibern eingeblasen.« [BKB 101]

Das Interesse für das Leben in den Vereinigten Staaten dokumentierte sich schon früher. So besuchte Kafka z. B. am 2. Juni 1912 einen Vortrag des tschechischen Sozialdemokraten František Soukup, in dem dieser u. a. über das amerikanische Wahlsystem berichtete [KKAT 424]. Belegt ist auch die Lektüre eines Buches von Arthur Holitscher mit dem Titel ›Amerika heute und morgen‹ (S. Fischer Verlag, Berlin 1912).

Am Ende der Traumaufzeichnung findet sich eine Rückerinnerung an die Parisreisen in den Jahren 1910 und 1911 [siehe S. 22 und Anm. 4].

13 Kafka hatte Felice Bauer (1887–1960) am 13. August 1912 in Prag in der Wohnung der Eltern von Max Brod kennengelernt. Felice lebte damals in Berlin, wo sie bei einer Firma, die Diktiergeräte und Parlographen herstellte, im Büro arbeitete. Kafka begann am 20. September einen Briefwechsel mit ihr, der bald sehr intensiv wurde (aus den Jahren 1912–1917 sind ungefähr 700 Briefe von ihm überliefert). Häufig schrieb er an einem Tag zwei oder gar drei Briefe und wartete sehnsüchtig, manchmal geradezu angstvoll auf Antwort aus Berlin. Die seiner Meinung nach äußerst unzuverlässige Postverbindung zwischen Prag und Berlin war ihm steter Anlaß zu Beunruhigung. Der Glückstraum, in dem der Briefträger ihm gleich zwei Einschreibebriefe auf einmal überreicht, wurde dann auch von der Realität korrigiert. Kafka, der, wie er sagt, beschlossen hatte, »nicht früher aus dem Bett zu gehn ehe der Brief kam«, berichtet im Anschluß an die Traumerzählung: »Aber heute am Tag mußte ich den Briefträger ganz anders herbeiziehen. Unsere Briefträger sind so unpünktlich. Um ¼ 12 erst kam der Brief, zehnmal wurden die verschiedensten Leute von meinem Bett aus auf die Treppe hinausgeschickt, als könnte ihn das herauflocken, ich selbst durfte nicht aufstehn, aber um ¼ 12 war der Brief also wirklich da, aufgerissen und in einem Atemzug gelesen.« [F 101] Auf einen »ersten« Traum, in dem Felice vorkam, spielte Kafka in einem Brief vom 8. November 1912 an; es heißt dort: »[Ich] habe nur eine undeutliche Erinnerung an einen Traum, der von Ihnen gehandelt und jedenfalls irgendeine unglückliche Begebenheit dargestellt hat.« [F 81 f.]

14 Wie der Traum vom 17. November 1912 haben auch diese Träume im weitesten Sinne die Schwierigkeiten der Kommunikation mit Felice zum Inhalt. Der Schlußsatz des Briefes lautet: »Da erwachte ich, ganz

heiß und darüber verzweifelt, daß Du so weit von mir entfernt bist.«
[F 167]
Die jüngste Schwester, die ihrem Bruder hilft, die Verbindung herzu-
stellen, ist Ottla (Ottilie) Kafka (1892–1944), die auch im alltäglichen
Leben des öfteren Aufträge für ihren Bruder ausführte und ihm vor
allem nach 1917 – als sich herausgestellt hatte, daß er an Lungentuberkulose erkrankt war – in vielem beistand. In einem Brief an Felice vom
11. November 1912 nannte Kafka sie seine »beste Prager Freundin«
[F 87].
Vor dem Telephonieren fürchtete Kafka sich tatsächlich; er hatte dies
der Briefpartnerin schon am 14. November 1912 mitgeteilt: »Wie gut
mußt Du das Telephonieren verstehn, wen Du vor dem Telephon so
lachen kannst. Mir vergeht das Lachen schon, wenn ich ans Telephon
nur denke.« [F 91 f.]

15 Den Schriftsteller Paul Ernst (1866–1933) hatten Brod und Kafka im
Juli des Jahres in Weimar aufgesucht. Kafka schreibt in seinem Reise-
tagebuch: »Paul Ernst. Über den Mund gehender Schnurrbart und
Spitzbart. Hält sich am Sessel fest oder an den Knien, trotzdem er auch
bei Erregung (wegen seiner Kritiker) nicht losgeht. – Wohnt am Horn.
Eine Villa scheinbar ganz mit seiner Familie angefüllt. Eine Schüssel
stark riechender Fische, welche die Treppe hinaufgetragen werden
sollte, wird bei unserem Anblick wieder in die Küche zurückgebracht.«
[KKAT 1034 f.]
Mit Felix ist wahrscheinlich Kafkas Freund, der Philosoph Felix
Weltsch (1884–1964) gemeint. [Siehe Anm. 33]

16 Mit dem »alten Traum«, den Kafka sich zu erzählen weigert, ist vermutlich der im Brief vom 8. November 1912 erwähnte gemeint. [Siehe
Anm. 13]
Kafka feierte tatsächlich im darauffolgenden Jahr seine Verlobung mit
Felice. Seine Schilderung der Feierlichkeiten, die in Berlin stattfanden,
ist nachgerade berühmt geworden: »6. VI 14 Aus Berlin zurück. War
gebunden wie ein Verbrecher. Hätte man mich mit wirklichen Ketten in
einen Winkel gesetzt und Gendarmen vor mich gestellt und mich nur
auf diese Weise zuschauen lassen, es wäre nicht ärger gewesen. Und das
war meine Verlobung und alle bemühten sich mich zum Leben zu bringen und, da es nicht gelang, mich zu dulden wie ich war.« [KKAT
528 f.]

17 Die erste Zusammenkunft mit Felice in Berlin fand am 23./24. März 1913 statt. Im Traum mischen sich in Kafkas Vorstellung von dem bevorstehenden Treffen offenbar Erinnerungen an seine erste Begegnung mit Felice in Prag im August 1912.

Wenige Tage später fiel Kafka in einer Zeitung das Bild eines merkwürdig ineinander eingehängten Paares, der Prinzessin Viktoria Luise und ihres Bräutigams, auf; er beschrieb es Felice so: »Die zwei gehn in einem Karlsruher Park spazieren, sind ineinander eingehängt, haben aber, damit noch nicht zufrieden, auch noch die Finger verschlungen. Wenn ich diese verschlungenen Finger nicht 5 Minuten lang angesehen habe, dann werden es eben 10 Minuten gewesen sein.« [F 300]

18 Es handelt sich weniger um einen Traum als um eine Selbstmordphantasie, die sich aus dem großen physischen und psychischen Erschöpfungszustand erklärt, in dem Kafka sich in jener Nacht befand. Kaum aus Berlin von dem Treffen mit Felice zurückgekehrt, mußte er im Auftrag der Arbeiter-Unfall-Versicherungs-Anstalt eine Reise nach Aussig antreten. Am Vorabend der Dienstreise schrieb er an Felice: »[...] ich bin vor Verschlafenheit, Müdigkeit und Unruhe fast von Sinnen und habe einen großen Stoß Akten für die morgige Verhandlung in Aussig durchzuarbeiten. Und schlafen, schlafen muß ich unbedingt, morgen muß ich ja wieder um ½5 Uhr früh aufstehn.« [F 346]. Zwei Tage später blickt er – wieder in Prag – noch einmal auf jene Nacht zurück: »In der Nacht von Mittwoch auf Donnerstag, also vor der Aussiger Reise, kam ich, da ich die Akten studieren mußte, erst um 11½ Uhr ins Bett, aber trotz aller Müdigkeit konnte ich nicht einschlafen, noch 1 Uhr hörte ich schlagen und sollte doch um ½5 wieder aufstehn.« [F 347] Daran schließt sich dann der Bericht über die Vision an. Solche Suizidvorstellungen hatte Kafka des öfteren, wobei ihm fast immer der Sprung aus dem Fenster als einfachste Art vorschwebte, sich das Leben zu nehmen. So notiert er z. B. unter dem Datum des 8. März 1912 in seinem Tagebuch: »Eine Stunde [...] auf dem Kanapee über Aus-dem-Fenster-springen nachgedacht.« [KKAT 397] Als ihn im Oktober 1912 seine Eltern drängten, er solle sich – statt zu schreiben – mehr um eine sich im Familienbesitz befindliche Fabrik kümmern, schrieb er an Brod: »[...] ich [sah] vollkommen klar ein, daß es für mich jetzt nur zwei Möglichkeiten gab, entweder nach dem allgemeinen Schlafengehn aus dem Fenster zu springen oder in den nächsten 14 Tagen täglich in die Fabrik und in das Bureau des Schwagers zu gehn.« Es folgt dann eine Stelle, die der in dem Brief an Felice enthaltenen sehr ähnlich ist: »Ich bin lange am Fenster gestanden und habe mich gegen die Scheibe gedrückt und es hätte mir öfters gepaßt, den Mauteinnehmer auf der Brücke durch meinen Sturz aufzuschrecken.« [BKB 116 f.]

82

19 Hier handelt es sich vielleicht um einen Nachklang der Berlinfahrt [siehe Anm. 17]; Kafka war jedoch allein in die deutsche Hauptstadt gefahren und nicht etwa zusammen mit Max Brod und dessen Frau Elsa.

20 Klagen über Kopfschmerzen durchziehen nahezu leitmotivisch Kafkas Tagebuchaufzeichnungen. Am selben Tag hatte er notiert: »Aber die Kopfschmerzen, die Schlaflosigkeit! Nun es steht für den Kampf oder vielmehr, ich habe keine Wahl.« [KKAT 582] Dieses Motiv begegnet auch in den literarischen Texten, wo es gleichsam ein autobiographisches Einsprengsel darstellt. So wird z. B. Josef K., je länger sein Prozeß andauert, desto häufiger von Kopfschmerzen geplagt. In der Erzählung ›Unglücklichsein‹ läßt Kafka den Erzähler sagen: »[. . .] in der l<inken> Stirnecke fühlte ich eine Spannung wie von einem schmerzlosen Flintenschuß [. . .]« [KKAT 108]

21 Kafka schrieb diese Traumaufzeichnung noch einmal ab und schickte sie am 18. November 1913 an Grete Bloch (1892–1944 ?). Er hatte die Freundin von Felice kurz vorher kennengelernt; sie war nach Prag gekommen, um zwischen ihm und Felice zu vermitteln. Daß Kafka ihr diesen Traum mitteilte, kann als Indiz dafür gewertet werden, daß sich zwischen den beiden relativ schnell ein vertrautes Verhältnis entwickelt hatte.
In der im Brief enthaltenen Abschrift fehlt gegenüber dem Tagebuchtext der letzte Satz; dafür gibt es einen selbstironischen Einleitungs- und Schlußsatz: »Aber nun schreibe ich noch, ehe ich schlafen gehe, einen Traum auf, den ich gestern hatte, damit Sie sehen, daß ich bei Nacht wenigstens etwas tätiger bin als im Wachsein.« [. . .] »So helfe ich Männern auf Dreirädern in der Nacht.« [F 477 f.]

22 Die jüngste Schwester von Felice, Erna Bauer, lernte Kafka wohl erst später kennen; nach der ersten Lösung des Verlöbnisses im Juli 1914 stand er auch in unregelmäßigem Briefverkehr mit ihr.

23 Kafka reiste am 28. Februar 1914 erneut nach Berlin.

24 In seinem Tagebuch setzte Kafka am 27. Mai 1914 zu einer Erzählung an, die folgendermaßen beginnt: »Zum erstenmal erschien das weiße Pferd an einem Herbstnachmittag in einer großen aber nicht sehr belebten Straße der Stadt A.« [KKAT 518] Der Text bricht nach wenigen Seiten wieder ab, und es schließt sich ein selbstkritischer Kommentar des Autors an: »Es hat Sinn, ist aber matt, das Blut fließt dünn, zu weit vom Herzen. Ich habe noch hübsche Szenen im Kopfe und höre doch

auf.« Es folgt dann der Bericht über den Moment der Inspiration und anschließend – unter Bezugnahme auf den letzten Halbsatz (»[...] und hätte sich dann verloren.«) ein weiterer Kommentar zu dem literarischen Versuch: »Das letztere wird durch den obigen Anfang leider nicht widerlegt.« [KKAT 520]

In den Tagebüchern gibt es eine ganze Reihe von Ansätzen zu solchen Pferdegeschichten, so z. B. unter dem Datum des 27. März 1914: »Es war etwa drei Uhr nachts, aber im Sommer, und schon halb hell. Da erhoben sich im Stall des Herrn von Grusenhof seine fünf Pferde Famos, Grasaffe, Tournemento, Rosina und Brabant. Wegen der schwülen Nacht war die Stalltür nur zugelehnt, die zwei Pferdewärter schliefen im Stroh auf dem Rücken über ihrem offenem Mund schwebten die Fliegen auf und ab, es gab kein Hindernis.« [KKAT 512] Die meisten dieser Geschichten scheinen den Charakter von Befreiungsphantasien zu haben; so heißt es in dem Fragment vom 27. Mai 1914: »[Das weiße Pferd] trat aus dem Flur eines Hauses, in dessen Hof ein Speditionsgeschäft ausgedehnte Lagerräume hatte, so daß öfters Gespanne, hie und da auch ein einzelnes Pferd aus dem Hausflur geführt werden mußten und infolgedessen das weiße Pferd nicht besonders auffiel. Es gehörte aber nicht zum Pferdestand des Speditionsgeschäftes. Ein Arbeiter, der vor dem Tor die Stricke an einem Warenballen fester zog, bemerkte das Pferd sah von seiner Arbeit auf und dann in den Hof, ob nicht der Kutscher bald nachkäme. Es kam niemand, wohl aber bäumte sich das Pferd, kaum hatte es das Trottoir betreten, kräftig auf, schlug paar Funken aus dem Pflaster, war einen Augenblick sehr nahe am Hinfallen, nahm sich aber gleich zusammen und trabte dann nicht schnell nicht langsam die um diese Dämmerstunde fast völlig leere Straße hinauf.« [KKAT 518] Der Text bricht an der Stelle ab, an der ein »Polizeimann« das Pferd am Zügel faßt und es festhält [KKAT 519].

25 Kafka denkt offenbar an die regelmäßigen zwanglosen Abendgesellschaften, die Friedrich Wilhelm I von Preußen einführte und die unter anderem auch in seinem Schloß Bellevue (also: Schöne Aussicht) stattfanden. Wahrscheinlich kannte er eine der zeitgenössischen bildlichen Darstellungen des Tabakkollegiums.
Recht rätselhaft ist der Auftritt von Matilde Serao (1856–1927). Die italienische Schriftstellerin schrieb vor allem Novellen und Romane aus dem neapolitanischen Volksleben. Ihr Name kommt sonst in Kafkas Schriften nicht vor; es ist nicht belegt, daß er eines ihrer Bücher kannte. Allerdings besteht eine – literarische – Beziehung zwischen ihr und Kaiser Wilhelm II; in dem Roman ›Nacht der Verzeihung‹ (1908) beschreibt sie einen Ball, der in Rom zu Ehren des deutschen Kaisers veranstaltet wird.

26 Zu Direktor Marschner siehe Anm. 3.

27 Max Brod erteilte 1915 in Prag einer Gruppe von galizischen Flücht-
lingskindern Unterricht. Zu ihnen gehörten auch die aus Lemberg
stammenden Schwestern Fanny, Esther und Tilka Reiß; Kafka nahm
einige Male als Gast an den Unterrichtsstunden teil und lernte bei diesen
Gelegenheiten wohl die Schwestern kennen. Über Treffen und gemein-
same Spaziergänge mit Fanny Reiß berichtet er mehrfach in seinem Tagebuch; der Traumaufzeichnung geht folgender Text voran: »Viel gesehn in der letzten Zeit, weniger Kopfschmerzen. Spaziergänge mit
Frl. Reiß. [...] In der städtischen Lesehalle. Bei ihren Eltern die Fahne
angesehn. Die 2 wunderbaren Schwestern Esther und Tilka wie Gegen-
sätze des Leuchtens und Verlöschens. Besonders Tilka schön: oliven-
braun, gewölbte gesenkte Augenlider, tiefes Asien. Beide Shawls um
die Schultern gezogen. Sie sind mittelgroß, eher klein und erscheinen
aufrecht und hoch wie Göttinnen, die eine auf dem Rundpolster des
Kanapees, Tilka in einem Winkel auf irgendeiner unkenntlichen Sitzge-
legenheit, vielleicht auf Schachteln.« [KKAT 769]
Wer die beiden Lieblich waren und in welcher Beziehung sie zu den
anderen genannten Personen standen, konnte nicht ermittelt werden.

28 Kafka hatte vom Ausbruch des Krieges an immer wieder die Gelegenheit, durch Prager Straßen – wie z. B. den Graben – marschierende
Truppen zu beobachten. Schon am 6. August 1914 notierte er: »Die Ar-
tillerie, die über den Graben zog. Blumen, Heil und Nazdarrufe.«
[KKAT 545] Er entdeckte bei solchen Anlässen in sich »nichts als Klein-
lichkeit, Entschlußunfähigkeit, Neid und Haß gegen die Kämpfenden«
[KKAT 546], wobei die Tatsache eine Rolle gespielt haben mag, daß er
selbst vom Dienst mit der Waffe zurückgestellt war. Besonders verhaßt
war ihm der Hurrah-Patriotismus, der vor allem von der Bevölke-
rungsgruppe zur Schau gestellt wurde, zu der er auch seinen Vater rech-
nete, und der sich u. a. in Umzügen durch die Stadt äußerte: »Rede des
Bürgermeisters. Dann Verschwinden, dann Hervorkommen und der
deutsche Ausruf: ›Es lebe unser geliebter Monarch, hoch!‹ Ich stehe dabei mit meinem bösen Blick. Diese Umzüge sind eine der widerlichsten
Begleiterscheinungen des Krieges. Ausgehend von jüdischen Handels-
leuten, die einmal deutsch, einmal tschechisch sind, es sich zwar einge-
stehen, niemals aber es so laut herausschreien dürfen wie jetzt.« [KKAT
546 f.]
Felix ist der 1911 geborene Sohn von Kafkas Schwester Elli und Karl
Hermann.

29 Dr. Emmanuel Hanzal war ein Arbeitskollege Kafkas in der Arbeiter-Unfall-Versicherungs-Anstalt.

30 Das Verhältnis zu Felice, der Kafka sich im Januar 1915 wieder angenähert hatte, durchlief in dieser Zeit eine neue tiefe Krise. Kafka klagt in den Monaten September/Oktober 1916 des öfteren darüber, daß er »keine Nachricht« von ihr habe. Während er ihr weiterhin regelmäßig schrieb, beantwortete sie seine Briefe häufig nicht oder nur mit Verzögerung.

31 Zu Franz Werfel (1890–1945) hatte Kafka eine sehr ambivalente Einstellung; Bewunderung mischte sich mit Ablehnung, ja sogar Haß: »Ich hasse W., nicht weil ich ihn beneide, aber ich beneide ihn auch. Er ist gesund, jung und reich, ich in allem anders.« [KKAT 299]
Werfel hielt sich damals in Wien auf; er war dem dortigen Kriegspressequartier zugeteilt. Kafka hatte ihn zum letzten Mal im Juli des Jahres bei einer Gesellschaft im Hause von Max Brod getroffen. [vgl. BKB 481]

32 Bertha Fanta (1865–1918) war die Frau eines Prager Apothekers, die in Prag eine Art von literarischem Zirkel ins Leben gerufen hatte. In ihrem Haus trafen sich zu Lesungen, Vorträgen und Diskussionen vor allem Anhänger des Philosophen Franz von Brentano, zu denen – zumindest zeitweise – auch Kafkas Freunde Felix Weltsch und Max Brod gehörten. Kafka selbst nahm nur sporadisch an diesen Veranstaltungen teil. In einem Brief vom 6. Februar 1914 an Max Brod heißt es: »Morgen zu Fanta komme ich kaum, ich gehe nicht gerne hin.« [BKB 137]
In der Realität sah Kafka den Vater kaum als jemanden, der sich mit einer »socialen Reformidee« beschäftigen könnte. Im Gegenteil wirft er ihm im ›Brief an den Vater‹ gerade eine unsoziale Grundeinstellung vor, die sich auch in seinem Verhältnis zu seinen Angestellten äußere: »Dich [...] hörte und sah ich im Geschäft schreien, schimpfen und wüten, wie es meiner damaligen Meinung nach in der ganzen Welt nicht wieder vorkam. [...] Oder Deine ständige Redensart hinsichtlich eines lungenkranken Kommis: ›Er soll krepieren, der kranke Hund.‹ Du nanntest die Angestellten ›bezahlte Feinde‹, das waren sie auch, aber noch ehe sie es geworden waren, schienst Du mir ihr ›zahlender Feind‹ zu sein.« [H 136]
Felix ist der schon in dem Traum vom 19. April 1916 in Verbindung mit dem Vater vorkommende Neffe Kafkas. [Siehe Anm. 28]

33 Kafka war, nachdem seine Lungentuberkulose diagnostiziert worden war, Mitte September 1917 zur Erholung nach Zürau in der Nähe von Saaz in Nordwestböhmen gefahren, wo seine Schwester Ottla einen Bauernhof betrieb.

Felix Weltsch hielt damals Kurse über politische und literarische Themen ab. August Sauer, der im Traum als einer seiner Zuhörer genannt wird, war Kafka von seinem nur kurze Zeit währenden Germanistikstudium her bekannt. Der Professor für deutsche Literatur war ihm wegen seiner deutschnationalen und antisemitischen Einstellung ausgesprochen verhaßt und mitverantwortlich dafür, daß er dieses Studium schnell wieder aufgab. »[...] Germanistik, in der Hölle soll sie braten.« schrieb Kafka am 24. August 1902 an seinen Freund Oskar Pollak. Brod druckte diesen Brief nur auszugsweise ab; er merkt an: »Kafka wollte zuerst Germanistik studieren, wandte sich dann mit Unbehagen ab [...]. Zu seiner Enttäuschung hat der Professor für deutsche Literatur an der Prager deutschen Universität, August Sauer, viel beigetragen. Gegen ihn fand sich im gestrichenen Teil dieses Briefes eine heftige Polemik.« [Br 496]

Mit Oskar ist vermutlich der blinde Schriftsteller Oskar Baum (1883–1941) gemeint, der zusammen mit Weltsch und Brod zu Kafkas engsten Freunden gehörte. Mit dem Ausdruck »Zuckerkandl-Traum« versucht Kafka wohl selbstironisch eine Begebenheit herunterzuspielen, über die ihm Weltsch in einem Brief vom 17. Oktober 1917 berichtet hatte: »Ein Gespräch mit dem Hofrat Zuckerkandl über – Dich. Er hat Dich als Dichter in den Himmel gehoben. Seine Schwiegermutter hat in einem Kurort von einer befreundeten Dame von einem Dichter Franz Kafka gehört, in den man unbedingt eingetreten sein muß. Sie wünschte sich das Buch und bekam es. So las auch der Hofrat vier Seiten und war begeistert: ›Ich muß ihn doch kennen, wenn er unser Doktor ist.‹« [Br 508] In einem Brief von Ende Oktober 1917 [Br 188] kommt Kafka noch einmal auf diese Episode zurück. Der Hofrat und Ordinarius für Nationalökonomie war ihm von Vorlesungen her persönlich bekannt.

Zu Lydia Holzner merkt Max Brod an, daß sie »Leiterin eines Mädchenbildungsinstitutes in Prag« war.

34 Am Tagliamento in Oberitalien rückten damals die vereinigten österreichisch-ungarischen und deutschen Streitkräfte siegreich gegen die Italiener vor. Natürlich wurde in den Tageszeitungen ausführlich über den Verlauf der Kämpfe berichtet.

35 Weltsch hielt Vorlesungen über politische und literarische Themen ab. Der Prager Philosophieprofessor Oskar Kraus hatte mit seinem ehemaligen Schüler Weltsch einen ironischen Disput über dessen Vorträge begonnen. Wenn Weltsch Kafkas Vorschlag gefolgt wäre, hätte dies eine zusätzliche Provokation bedeutet.

36 Kafka schrieb diesen Brief aus Schelesen, wo er sich zur Erholung in der Pension Stüdl aufhielt.
Brod gibt folgende Erklärung für seine Leiden, auf die Kafka anspielt: »Bezieht sich auf einen Traum, in dem mich jüdische und zionistische Katastrophen quälten. Die Lage in Palästina war damals kritisch.« [Br 510]
Im weiteren Brieftext erläutert Kafka, was er mit Jüdisches meint: »Das Jüdische ist ein junges Mädchen, hoffentlich nur wenig krank. Eine gewöhnliche und eine erstaunliche Erscheinung.« [BKB 263] Er bezieht sich auf Julie Wohryzek (1891–1939), die Tochter eines Prager Synagogendieners, mit der er sich später verlobte.

37 Hlavatá (tschechisch): dickköpfig. Ottla war in der Familie für ihre geistige Unabhängigkeit, die sich auch in Trotz gegenüber dem Vater äußerte, bekannt. Dem Vater wurde sie dadurch entfremdet, Kafka aber glaubte in ihr eine Verbündete zu haben. Im ›Brief an den Vater‹ schreibt er: »Ottla hat keine Verbindung mit dem Vater, muß ihren Weg allein suchen, wie ich, und um das Mehr an Zuversicht, Selbstvertrauen, Gesundheit, Bedenkenlosigkeit, das sie im Vergleich mit mir hat, ist sie in Deinen Augen böser und verräterischer als ich.« [H 141]

38 ›Selbstwehr‹ war der Name der Prager zionistischen Wochenschrift, die Kafka seit 1917 regelmäßig las. Er ließ sich die Zeitschrift nach Meran, wo er sich im April 1920 zur Kur aufhielt, nachsenden.
Marta Löwy ist vermutlich eine Cousine Kafkas.

39 Ottla hatte sich mit Josef David (1891–1963) befreundet, einem tschechischen Katholiken, den sie trotz der Bedenken fast aller Eltern und Verwandten am 15. Juli 1920 heiratete. Ihr Bruder trat ganz eindeutig für diese Verbindung ein. Offenbar hatte Ottla ihn schriftlich um eine Versicherung gebeten, denn im Anfangsteil des Briefes ermutigt Kafka sie – ohne es offen auszusprechen – zu der Ehe mit David; er schreibt: »[...] es ist [...] gewissermaßen fast das ›Gut‹ das Du Dir seit langem wünschst, der feste Boden, der alte Besitz, die klare Luft, Freiheit. Alles das unter der Voraussetzung allerdings, das Du es erwerben willst.« [O 82] Auf diesen Teil des Briefes bezieht Kafka sich mit der Formulie-

rung »das obige Thema«; der in dem Traum vorkommende »Er« ist David.

40 Kafka hatte Milena Jesenská (1896–1944) im Herbst 1919 in Prag kennengelernt. Sie lebte damals mit ihrem Mann Ernst Polak in Wien und arbeitete u. a. als Übersetzerin ins Tschechische. Im April 1920 nahm Kafka von Meran aus, wo er sich zu einer Kur aufhielt, brieflich Kontakt zu ihr auf. Konkreter Anlaß für die Korrespondenz war zunächst die tschechische Übersetzung von ›Der Heizer‹, mit der Milena beschäftigt war. Bald entwickelte sich aber eine Brief-Liebesbeziehung, die in vielem der vergleichbar war, die Kafka mit Felice Bauer unterhalten hatte. So wie er sich früher über die Treffen mit Felice in Berlin Gedanken gemacht und auch davon geträumt hatte, geschah es jetzt mit einer möglichen Begegnung mit der Partnerin in Wien. Als Kafka diesen Traum aufschrieb, war ein Ende des Aufenthalts in Meran schon abzusehen und damit ein Treffen mit Milena in Wien auf der Rückfahrt nach Prag in greifbare Nähe gerückt. Mit dem Traum, in dem Kafka ja »listige Versuche« anstellt, um die Adresse der Geliebten in Erfahrung zu bringen, kontrastiert seine tatsächliche Einstellung, die er einen Tag später in einem Brief folgendermaßen zum Ausdruck brachte: »Ob ich nach Wien komme, kann ich heute noch nicht sagen, ich glaube aber, ich komme nicht. Hatte ich früher viele Gegengründe, hätte ich heute nur den einen, nämlich daß es über meine geistige Kraft geht und dann noch vielleicht als fernen Nebengrund, daß es so für uns alle besser ist. « [M 55]

41 Dvoje šaty mám a přece slušně vypadám (tschechisch): Ich habe nur zwei Kleider und sehe doch nett aus.

42 Milena hatte sich offenbar bei Kafka nach der Adresse des Komponisten Hans Krasa (1899–1944) erkundigt, der zum Kreis der Künstler im Prager Café Continental gehörte.
Mit Reiner ist der Redakteur der ›Tribuna‹ Josef Reiner (1898–1920) gemeint, der sich am 19. Februar 1920 das Leben genommen hatte, weil seine Frau, eine Freundin Milenas, ihm untreu geworden war. Kafka nahm diese Affaire als eine Art Warnung, die Beziehung Milenas zu ihrem Mann Ernst Polak nicht zu zerstören. Milena hatte ihm gegenüber des öfteren über die schlechte Behandlung, die sie durch ihren Mann erfuhr, geklagt und auch angedeutet, daß sie ihn verlassen wolle.

43 Der 10. August war Milenas Geburtstag. Sie hatte Kafka schon im Juli mitgeteilt, daß sie sich aufgrund der finanziellen Notlage, in der sie und ihr Mann sich ständig befanden, auf Wiener Bahnhöfen als Gepäckträgerin verdingt hatte.

44 Dieser Text wurde von Kafka mehrfach veröffentlicht und unter anderem auch in den Erzählband ›Ein Landarzt‹ (1919) aufgenommen. Er gehört in das Umfeld des ›Proceß‹-Romans, ohne jedoch Teil des Romans zu sein. Vermutlich hatte die Skizze die Funktion, einen Schreibfluß auszulösen; metaphorisch verschlüsselt wird hier ein besonderer künstlerischer Schaffensprozeß dargestellt. Der Held, Josef K., muß erst sterben, bevor der Künstler seine Inschrift vollenden kann. Kafka hatte das Schlußkapitel des Romans, in dem der Protagonist ja gleichfalls Josef K. heißt, zusammen mit dem Anfangskapitel niedergeschrieben. In diesem Schlußkapitel wird Josef K. hingerichtet, das heißt, der Autor ließ seinen Helden sterben, bevor er mit der eigentlichen Arbeit an dem Roman begann.

Nachwort

»Ringkämpfe jede Nacht«
Franz Kafkas »Schreibtisch- und Kanapeeleben«

Im Roman ›Der Proceß‹ wird Josef K. – wie vor ihm bereits Gregor Samsa in der Erzählung ›Die Verwandlung‹ – im Bett von neuen, sein ganzes Leben verändernden Ereignissen überrascht. Für den spektakulären Auftakt seines Romans wählt Franz Kafka damit wiederum den Ort, um den herum er in fast allen seinen Texten die entscheidenden Szenen gruppiert: das Bett oder ersatzweise das Kanapee. Am Bett des Vaters findet die Aussprache im ›Urteil‹ statt; das Kanapee des Gregor Samsa wird zum zentralen Ort der ›Verwandlung‹; in Kafkas erstem Roman, ›Der Verschollene‹, bilden Betten und Kanapees immer wieder den Hintergrund für die Begegnungen und Erlebnisse des selbst an Schlafsucht leidenden Karl Roßmann[1]; in der Eingangsszene vom ›Schloß‹, Kafkas letztem Roman, ist es schließlich ein Strohsack, auf dem der »spät abend« im Dorf angekommene K. in einen Schlaf fällt, aus dem er bald darauf schon wieder geweckt wird: Es beginnt der Kampf des Landvermessers mit der Schloß-Bürokratie. Ein Traum des schlafenden K.?

Sein Schöpfer Franz Kafka litt weniger an Schlafsucht als an Schlafsehnsucht. In unzähligen Tagebucheintragungen und Briefen klagt er über seine Schlaflosigkeit, über die vergeblichen Versuche, ausreichend Schlaf und damit Energie für das nächtliche Schreiben zu bekommen. Zu diesem Zweck wählte er für sein »Schreibtisch- und Kanapeeleben«, wie er es selbst nennt [F 362], einen festen Rahmen, den er Felice Bauer in einem Brief vom 1. November 1912 beschreibt:

---

1 Siehe in diesem Zusammenhang auch Franz R. Kempf, ›Das Bild des Bettes und seine Funktion in Franz Kafkas Romanen ‹Amerika›, ‹Der Prozeß› und ‹Das Schloß›.‹ In: *Sprache und Literatur. Festschrift für Arval L. Streadbeck zum 65. Geburtstag.* Utah Studies in Literature and Linguistics. Bern, Frankfurt a. M., Las Vegas 1981, S. 89–97.

»Von 8 bis 2 oder 2⅓ Bureau, bis 3 oder ½ 4 Mittagessen, von da ab Schlafen im Bett (meist nur Versuche, eine Woche lang habe ich in diesem Schlaf nur Montenegriner gesehn mit einer äußerst widerlichen, Kopfschmerzen verursachenden Deutlichkeit jedes Details ihrer komplizierten Kleidung) bis ½ 8, dann 10 Minuten Turnen, nackt bei offenem Fenster, dann eine Stunde Spazierengehn allein oder mit Max oder mit noch einem andern Freund, dann Nachtmahl innerhalb der Familie [...] dann um ½ 11 (oft wird aber auch sogar ½ 12) Niedersetzen zum Schreiben und dabeibleiben je nach Kraft, Lust und Glück bis 1, 2, 3 Uhr, einmal auch schon bis 6 Uhr früh. Dann wieder Turnen, wie oben, nur natürlich mit Vermeidung jeder Anstrengung, abwaschen und meist mit leichten Herzschmerzen und zuckender Bauchmuskulatur ins Bett. Dann alle möglichen Versuche einzuschlafen, d. h. Unmögliches zu erreichen, denn man kann nicht schlafen (der Herr verlangt sogar traumlosen Schlaf) und dabei gleichzeitig an seine Arbeiten denken [...]. So besteht die Nacht aus zwei Teilen, aus einem wachen und einem schlaflosen und wollte ich Ihnen darüber ausführlich schreiben und wollten Sie es anhören, ich würde niemals fertig werden.« [F 67]

Die hier beschriebene Tageseinteilung behielt Kafka über Jahre hin bei. Der Kampf um Schlaf wiederholte sich täglich, nachmittags meistens auf dem Kanapee, nachts im Bett. Spuren dieses Kampfes finden wir außer in den zahllosen Klagen über Schlaflosigkeit vor allem in den aufgeschriebenen Träumen, Wachträumen oder »Halbschlafphantasien« [KKAT 909]. Trotz aller Klagen über die schlaflos verbrachten Stunden: Das Bett und das Kanapee sind für Kafka Stätten der Ruhe und Konzentration, die besten Orte »für Trauer und Nachdenklichkeit« [F 55]. Hier denkt er über sein Unglück nach, »über Aus-dem-Fenster-springen« [KKAT 397], hier werden Briefe »im Kopf gekocht« [KKAT 583]; im »Jammer im Bett« fällt ihm die ›Verwandlung‹ ein (F 102) und nach »der schönsten Mannigfaltigkeit von Schlaf, Dusel, Träumerei und zweifellosem Wachsein« begibt er sich vom Bett an den Schreibtisch, um sich einiges für den ›Verschollenen‹ zu notieren, das ihn »mit Macht im Bett angefallen hat« [F 280].

Auch im Tagebuch finden sich immer wieder offenbar in ähnlicher

Weise entstandene Eintragungen, Beschreibungen sowohl von echten Träumen als auch von – vor allem am Nachmittag auf dem Kanapee entwickelten – »Halbschlafphantasien«. Zwischen Schlaf und Schlaflosigkeit, »Dusel« und »zweifellosem Wachsein« stellt sich regelmäßig ein Zustand ein, der Kafkas Phantasie freien Raum läßt, in dem er in kontrollierten Wachträumen seinen Vorstellungen nachgeht, sich Erlebnisse aus seiner Vergangenheit vergegenwärtigt oder antizipierend Themen und Szenen seiner Texte mit Leben erfüllt. Selma Fraiberg stellte bereits 1957 fest: »There is evidence that he [Kafka] experienced mental states in which dreamlike images and fantasies emerged, then were caught and held in consciousness [...] In many instances a dream, a fantasy or a piece of imagery recorded in the notebooks becomes the starting point for a story.«[2] Fraibergs Feststellung kann aufgrund von Kafkas Äußerungen durchaus dahingehend erweitert werden, daß ihm diese Zustände nicht nur bewußt waren, sondern daß er sie darüber hinaus manchmal auch willkürlich herbeizuführen verstand, wie A. P. Foulkes darlegt: »This act of looking within is not a normal dream, nor even a dream recollection, but seems to have been a consciously induced process.«[3] Die Niederschriften dieser »Träumereien« oder »Halbschlafphantasien« sind damit allerdings zu unterscheiden von den Niederschriften erinnerter echter, d. h. nicht vom Bewußtsein des auf dem Kanapee oder im Bett Liegenden gelenkter Träume, auch wenn Kafka in den meisten Fällen beides als »Traum« bezeichnet.

Zwei Niederschriften im Tagebuch machen die Bedeutung der »Halbschlafphantasien« für das literarische Werk deutlich. In ihnen hält Kafka offenbar durch die Lektüre von Arthur Holitschers »Reiseerlebnissen« in Amerika[4] angeregte »Traum«-Bilder fest, die

2 Selma Fraiberg, ›Kafka and the Dream.‹ In: *Art and Psychoanalysis*. Hrsg. v. William Phillips. New York 1957, S. 21 f.
3 A. P. Foulkes, ›Dream Pictures in Kafka's Writings.‹ *The Germanic Review* 40 (1965), S. 27.
4 Arthur Holitscher, *Amerika. Heute und morgen. Reiseerlebnisse*. Berlin 1912. – Vor der Buchpublikation waren bereits Auszüge in der von Kafka regelmäßig gelesenen *Neuen Rundschau* erschienen. Zu Holitschers Reisebericht als Quelle zum Roman ›Der Verschollene‹ siehe u. a.: Hartmut Binder, ›Erlesenes Amerika: ‹Der Verschollene›.‹ In: Ders., *Kafka. Der Schaffensprozeß*. Frankfurt a. M. 1983, S. 75–135.

auch in das erste Kapitel und in die überlieferte Schlußpartie seines Romans ›Der Verschollene‹ eingegangen sind.

Am 11. September 1912 notiert Kafka im Tagebuch:

»Ein Traum: Ich befand mich auf einer aus Quadern weit ins Meer hineingebauten Landzunge. [...] Ich wußte zuerst nicht eigentlich wo ich war, erst als ich mich einmal zufällig erhob, sah ich links vor mir und rechts hinter mir, das weite klar umschriebene Meer mit vielen reihenweise aufgestellten, fest verankerten Kriegschiffen. Rechts sah man Newyork, wir waren im Hafen von Newyork. Der Himmel war grau aber gleichmäßig hell. Ich drehte mich frei, der Luft von allen Seiten ausgesetzt auf meinem Platze hin und her, um alles sehn zu können.« [KKAT 436]

Zwei Wochen nach dieser Eintragung beginnt Kafka seinen Roman ›Der Verschollene‹ mit der Ankunft des Protagonisten in New York[5]:

Als der siebzehnjährige Karl Roßmann [...] in dem schon langsam gewordenen Schiff in den Hafen von Newyork einfuhr, erblickte er die schon längst beobachtete Statue der Freiheitsgöttin wie in einem plötzlich stärker gewordenen Sonnenlicht. Ihr Arm mit dem Schwert ragte wie neuerdings empor und um ihre Gestalt wehten die freien Lüfte. [KKAV 7]

War es in der »Traum«-Aufzeichnung – in der die Freiheitsstatue nicht erwähnt wird – der Träumende selbst, der aus vorgeschobener Position, »der Luft von allen Seiten ausgesetzt« den Hafen überblickt, ist es im Roman die von »freien Lüfte[n]« umwehte Gestalt der Freiheitsstatue. Die in der weiteren Tagebuchaufzeichnung beschriebene Hafenszenerie begegnet uns im ersten Romankapitel noch zweimal, jeweils beim Blick aus den Fenstern des im Hafen liegenden Schiffes. Gleich bei der ersten Beschreibung des sich dort abspielenden Geschehens greift Kafka auf die »reihenweise aufgestellten, fest verankerten Kriegschiffe« zurück: »Wahrscheinlich von Kriegsschiffen her erklangen Salutschüsse«. Der zusammen-

5 U. a. auf die Verwandtschaft der Tagebucheintragung und der Eingangsszene des Romans mit Holitschers Schilderung der Einfahrt in den New Yorker Hafen weist auch Karlheinz Fingerhut hin: ›Erlebtes und Erlesenes – Arthur Holitschers und Franz Kafkas Amerika-Darstellungen. Zum Funktionsübergang von Reisebericht und Roman.‹ *Diskussion Deutsch* 20 (1989), S. 337–355 (hier: Fußnote 14, S. 339).

fassenden Traumbeobachtung: »Nun bemerkte ich auch, daß das Wasser neben uns hohe Wellen schlug und ein ungeheuerer fremdländischer Verkehr sich auf ihm abwickelte« entspricht im Roman die ausführliche Beschreibung des Verkehrs der »Großen Schiffe«, »kleinen Schiffchen und Boote« »[v]or den drei Fenstern des Zimmers«, von denen aus Karl Roßmann »die Wellen des Meeres« sieht [KKAV 19]. Beim letzten Blick aus den Fenstern begegnet uns schließlich auch die letzte im Tagebuch festgehaltene Beobachtung wieder:

»In Erinnerung ist mir nur, daß statt unserer Flöße lange Stämme zu einem riesigen runden Bündel zusammengeschnürt waren, das in der Fahrt immer wieder mit der Schnittfläche je nach der Höhe der Wellen mehr oder weniger auftauchte und dabei auch noch der Länge nach sich in dem Wasser wälzte.« [KKAT 436 f.]

Von den merkwürdig zu Bündeln zusammengeschnürten Stämmen heißt es im Roman allgemeiner: »[...] eigentümliche Schwimmkörper tauchten hie und da selbständig aus dem ruhelosen Wasser, wurden gleich wieder überschwemmt und versanken vor dem erstaunten Blick« [KKAV 26 f.]. Die Traumbeschreibung schließt mit der vergnügten Feststellung des Beobachters zum regen Hafenverkehr: »Das ist ja noch interessanter als der Verkehr auf dem Pariser Boulevard«, der letzte Blick Karl Roßmanns aus den Fenstern des im Hafen liegenden Schiffes endet mit der Beobachtung der in »Boote[n] der Ozeandampfer« sitzenden Passagiere, von denen »es auch manche nicht unterlassen konnten die Köpfe nach den wechselnden Scenerien zu drehn. Eine Bewegung ohne Ende, eine Unruhe, übertragen von dem unruhigen Element auf die hilflosen Menschen und ihre Werke.« [KKAV 27]

Traumhafte Bilder gehen auch in die Tagebucheintragung vom 29. Mai 1914 ein, in der Kafka in literarisierter Form auf seine Versuche der vorangegangenen Tage anspielt, wieder mit dem Schreiben anzufangen:

»Ich mache Pläne. Ich sehe starr vor mich hin, um nicht die Augen von den imaginären Gucklöchern des imaginären Kaleidoskops zu entfernen, in das ich schaue. [...] Es ist ja erst der Anfang immer wieder erst der Anfang. Noch stehe ich hier in meinem Jammer, aber schon kommt hinter mir der ungeheure Wagen meiner Pläne angefahren, die erste kleine Platform schiebt sich unter meine Füße, nackte Mädchen, wie auf Carnevalswagen besserer Länder führen mich rücklings die Stufen empor, ich schwebe weil die Mädchen schweben [...] zwei Trompeter wie aus Steinquadern aufgebaut blasen Fanfaren kleines Volk läuft in Massen heran, geordnet hinter Führern, die leeren blanken gerade geschnittenen freien Plätze werden dunkel, bewegt und überfüllt, ich fühle die Grenze menschlicher Bemühungen und mache auf meiner Höhe aus eigenem Antrieb und plötzlich mich überkommendem Geschick das Kunststück eines vor vielen Jahren von mir bewunderten Schlangenmenschen [...]. War es die letzte Steigerung, die Menschen gegeben ist. Es scheint so, denn schon sehe ich aus allen Toren des tief und groß unter mir liegenden Landes die kleinen gehörnten Teufel sich herausdrängen, alles überlaufen [...].« [KKAT 526 ff.]

Etwa zwei Monate nach dieser Eintragung, im August 1914, nimmt Kafka – parallel zur Arbeit am ›Proceß‹ – die abgebrochene Arbeit am Roman ›Der Verschollene‹ wieder auf, und Anfang Oktober entsteht schließlich die »Teater von Oklahoma«-Partie. Karl Roßmanns Eintreffen am Eingang zum Rennplatz von Clayton, wo sich die Aufnahmekanzleien des Naturteaters befinden, weist deutliche Verwandtschaft mit dem Szenario der Tagebucheintragung auf. Aus den schwebenden nackten Mädchen sind allerdings als Engel verkleidete Frauen geworden, »in weißen Tüchern mit großen Flügeln am Rücken«, die – statt der »wie aus Steinquadern aufgebaut[en]« Trompeter selbst auf Postamenten stehen, »riesenhaft« wirken und »auf langen goldglänzenden Trompeten« blasen [KKAV 389 f.]. Da es sich nicht um echte Engel handelt, muß Karl Roßmann zwar das Postament seiner Bekannten Fanny selbst erklimmen, oben angekommen gibt aber auch er ein Kunststück zum Besten: Er darf »vor allen bevorzugt die Trompete blasen«. Und bald schon erfährt er, daß die als Engel gekleideten Frauen sich im Zwei-Stunden-Rhythmus mit »Männern, die als Teufel angezogen sind«, abwechseln [KKAV 393].

Wie im ersten Beispiel finden sich auch hier die wesentlichen Elemente der im Tagebuch festgehaltenen erträumten Szenerie in der Romanpartie wieder, wird – trotz aller Abweichungen – die Verwandtschaft der Tagebucheintragungen mit den zitierten Romanpassagen deutlich. Die Gegenüberstellung zeigt, daß die dem erträumten Geschehen entsprechenden Elemente des Romans als fortgeführte Assoziationen betrachtet werden können; Bilder werden übernommen und bleiben trotz der literarischen Umformung im Schreibakt in ihrer Herkunft identifizierbar.[6]

Für Kafka ist das Kanapee der Ort, an dem er der Phantasie freien Lauf läßt, dabei unter Umständen aber auch Lösungen persönlicher Konflikte erträumt. Am 27. November 1910 beschreibt er im Tagebuch, wie er am Nachmittag auf dem Kanapee liegend einige Liebeserlebnisse aus seiner Jugend, ärgerlich auch eine versäumte Gelegenheit überdachte [vgl. KKAT 140]. An anderer Stelle beschreibt er Träume und Halbschlafphantasien, in denen die Vorgesetzten und Kollegen der Versicherungsanstalt, Freunde und Verwandte eine Rolle spielen. Daß er diese Zustände auf dem Kanapee bewußt sucht und wahrnimmt, vielleicht damit auch eine Strategie verbindet, zeigt ihre Übertragung auf seine Werkfiguren. In der ›Verwandlung‹ ist es Gregor Samsa, den Kafka diesen Zustand auf dem »unentbehrlichen Kanapee« [E 91][7] nachvollziehen läßt:

»Die Nächte und Tage verbrachte Gregor fast ganz ohne Schlaf. Manchmal dachte er daran, beim nächsten Öffnen der Tür die Angelegenheiten der Familie ganz so wie früher wieder in die Hand zu nehmen; in seinen Gedanken erschienen wieder nach langer Zeit der Chef und der Prokurist, die Kommis und die Lehrjungen, der so begriffstützige Hausknecht, zwei, drei Freunde aus anderen Geschäften, ein Stubenmädchen aus einem Hotel in der Provinz, eine liebe, flüchtige Erinnerung, eine Kassiererin aus einem Hutgeschäft, um die er sich ernsthaft, aber zu langsam beworben hatte – sie alle erschienen untermischt mit Fremden oder schon Vergessenen, aber statt ihm und seiner Familie zu helfen,[8] [*gestrichen:* fiengen sie alle an, ringsum ihn, Nächte lang, Kniebeugen zu ma-

---

6 Auch hier verweist die Quellenforschung auf Holitschers *Reiseerlebnisse.* Siehe u. a. Fingerhut, a. a. O., S. 351 ff. sowie Hans-Peter Rüsing, ›Quellenforschung als Interpretation: Holitschers und Soukups Reiseberichte über Amerika und Kafkas Roman ‹Der Verschollene›.‹ *Modern Austrian Literature* 20 (1987), S. 21 ff.
7 E = Franz Kafka, *Sämtliche Erzählungen.* Hrsg. v. Paul Raabe. Frankfurt 1970.
8 Ab hier zitiert nach der Handschrift.

chen, es war kein Wort mit ihnen zu reden, *eingefügt:* schienen sie sämtlich unzugänglich und hochmütig] und er war froh wenn sie verschwanden.« [E 99]

Kafka stellt Gregor Samsa damit in die ihm selbst wohlbekannte Situation, die er zwei Jahre später auch Josef K. erleben läßt. Im Kapitelfragment »Das Haus« heißt es von ihm:

»[...] manchmal – meistens waren es Zustände vollständiger Erschöpfung am Abend nach der Arbeit – nahm er Trost aus den geringsten und überdies vieldeutigsten Vorfällen des Tages. Gewöhnlich lag er dann auf dem Kanapee seines Bureaus – er konnte sein Bureau nicht mehr verlassen, ohne eine Stunde lang auf dem Kanapee sich zu erholen – und fügte in Gedanken Beobachtung an Beobachtung. Er beschränkte sich nicht peinlich auf die Leute, welche mit dem Gericht zusammenhingen, hier im Halbschlaf mischten sich alle, er vergaß dann an die große Arbeit des Gerichtes, ihm war als sei er der einzige Angeklagte und alle andern giengen durcheinander wie Beamte und Juristen auf den Gängen eines Gerichtsgebäudes [...].« [KKAP 348]

In K.'s Vorstellung treten noch die Mieter der Frau Grubach auf, »viele Unbekannte unter ihnen«, er selbst flüchtet sich schließlich in das Gerichtsgebäude:

»Er kannte sich immer sehr gut in allen Räumen aus, verlorene Gänge, die er nie gesehen haben konnte, erschienen ihm vertraut, als wären sie seine Wohnung seit jeher, Einzelheiten drückten sich ihm mit schmerzlichster Deutlichkeit immer wieder ins Hirn, ein Ausländer z. B. spazierte in einem Vorsaal, er war gekleidet ähnlich einem Stierfechter, die Taille war eingeschnitten wie mit Messern, sein ganz kurzes ihn steif umgebendes Röckchen bestand aus gelblichen grobfädigen Spitzen und dieser Mann ließ sich, ohne sein Spazierengehn einen Augenblick einzustellen, unaufhörlich von K. bestaunen. Gebückt umschlich ihn K. und staunte ihn mit angestrengt aufgerissenen Augen an. Er kannte alle Zeichnungen der Spitzen, alle fehlerhaften Fransen, alle Schwingungen des Röckchens und hatte sich doch nicht sattgesehn. Oder vielmehr er hatte sich schon längst sattgesehn oder noch richtiger er hatte es niemals ansehen wollen aber es ließ ihn nicht. ›Was für Maskeraden bietet das Ausland!‹ dachte er und riß die Augen noch stärker auf. Und im

Gefolge dieses Mannes blieb er bis er sich auf dem Kanapee herum-
warf und das Gesicht ins Leder drückte.« [KKAP 349f.]

Der Kreis schließt sich: Die Erinnerung an die Montenegriner im
eingangs zitierten Brief an Felice Bauer drängt sich auf, die Kafka
»mit einer äußerst widerlichen, Kopfschmerzen verursachenden
Deutlichkeit jedes Details ihrer komplizierten Kleidung« eine Woche lang vom nachmittäglichen Schlaf abgehalten hatten, oder an
jenen erträumten Engländer, dessen Kleidung Kafka in einer Tagebucheintragung vom Oktober 1911 detailliert beschreibt [KKAT
206]. Die Schilderung des im Halbschlaf auf dem Kanapee liegenden
Josef K. veranschaulicht »den Übergang aus der inneren Traumwelt
in eine vordergründige ›Wirklichkeit‹«, allerdings »zu deutlich«,
wie Friedrich Beißner meint, um das Fragment in dieser Form für
den Roman noch weiter verwenden zu können.[9]

Zwischen Schlaf und Schlaflosigkeit wird das Bett oder das Kanapee für Kafka und seine Helden zum Ort, an dem das Ich gewissermaßen neben sich tritt und sich selbst aus anderer Perspektive
wahrnimmt. Im Tagebuch notiert er am 2. Oktober 1911:
»Schlaflose Nacht. Schon die dritte in einer Reihe. Ich schlafe gut
ein, nach einer Stunde aber wache ich auf, als hätte ich den Kopf in
ein falsches Loch gelegt. Ich bin vollständig wach, habe das Gefühl
gar nicht oder nur unter einer dünnen Haut geschlafen zu haben,
habe die Arbeit des Einschlafens von neuem vor mir und fühle mich
vom Schlaf zurückgewiesen. Und von jetzt an bleibt es die ganze
Nacht bis gegen 5 so, daß ich zwar schlafe daß aber starke Träume
mich gleichzeitig wach halten. Neben mir schlafe ich förmlich,
während ich selbst mit Träumen mich herumschlagen muß.«
[KKAT 49f.]

Die merkwürdig schizophren klingende Beschreibung ist durchaus
kein Kafka-spezifisches Phänomen, wie ein Blick in den Band
›Wahrnehmung und Bewußtsein‹ des ›Handbuchs der Psychologie‹
bestätigt:
»Ohne daß den Menschen Leben und Beseeltheit verlassen, kann er
›das Bewußtsein verlieren‹ in Zuständen der Bewußtlosigkeit, des

---

9 Friedrich Beißner, *Kafkas Darstellung des ›Traumhaft inneren Lebens‹: Ein Vortrag.* Tübin-
gen 1972, S. 30f.

Komas, der Trance, des schweren Rausches, der Narkose, Ohnmacht und – nach Ansicht einiger Theoretiker – ist er auch nicht ›bei Bewußtsein‹, wenn er fest schläft, träumt, tagträumt, Absencen hat. [...] Phänomenologisch wie physiologisch scheint heute Einigkeit darüber zu bestehen, daß, wie Straus es formuliert, ›awakeness is not synonymous with consciousness, for we are also conscious of dreams‹. Vielmehr läßt sich der Wachzustand phänomenologisch vom Traumbewußtsein klar abheben, ohne damit einer Diskontinuität zwischen den beiden Bewußtseins-Zuständen das Wort zu reden.«[10]

Offenbar war Kafka sich dieser Vorgänge durchaus bewußt, hat er doch mit Schärfe den dabei kritischen Moment, den Augenblick des wirklichen Aufwachens erkannt. In einer gestrichenen Passage des Gespräches mit dem Aufseher erklärt Josef K.:

»Jemand sagte mir, ich kann mich nicht mehr erinnern, wer es gewesen ist, dass es doch sonderbar sei, dass man, wenn man früh aufwacht, wenigstens im allgemeinen alles unverrückt an der gleichen Stelle findet, wie es am Abend gewesen ist. Man ist doch im Schlaf und im Traum wenigstens scheinbar in einem vom Wachen wesentlich verschiedenen Zustand gewesen und es gehört wie jener Mann ganz richtig sagte eine unendliche Geistesgegenwart oder besser Schlagfertigkeit dazu, um mit dem Augenöffnen alles, was da ist, gewissermassen an der gleichen Stelle zu fassen, an der man es am Abend losgelassen hat. Darum sei auch der Augenblick des Erwachens der riskanteste Augenblick im Tag, sei er einmal überstanden, ohne dass man irgendwohin von seinem Platze fortgezogen wurde, so könne man den ganzen Tag getrost sein.« [KKAPApp 168]

Gregor Samsa, Josef K. und ihr Autor wissen es besser. Im Moment des Aufwachens ist nichts wie es vorher war, weder die Außenwelt, noch die Innenwelt, zuviel hat sich in dem und um den noch Liegenden ereignet. Zwischen Schlaf und Wachzustand wird er ereilt von Ereignissen, vor allem aber von Vorstellungen, von Phantasien und jenem »Durcheinander von Gedanken das sich langsam bildet und in unglaubwürdiger Weise festigt«. [KKAT 732]

---

10 *Wahrnehmung und Bewußtsein.* Hrsg. v. W. Metzger u. H. Erke. *Handbuch der Psychologie in 12 Bänden*, Band I/1. Münster 1966, S. 86f.

Auf der Schwelle zwischen beiden Zuständen zu verharren, sich selbst in einem anderen Zustand und einer anderen, erdachten oder erträumten Situation wahrzunehmen, sich dabei auch Lösungen für Problemstellungen auszumalen, ist das für Kafkas »Kanapeeleben« Spezifische. In der überarbeiteten und schließlich gestrichenen Fortführung des Kapitelfragments »Das Haus« erträumt Josef K. in so einem Zustand die erfolgreiche »Überlistung des Gerichtes«, indem er Titorelli für sich gewinnt. Die »Verwandlung«, d. h. der glückliche Ausgang zeichnet sich daraufhin ab: »Das Licht, das bisher von rückwärts eingefallen war wechselte und strömte plötzlich blendend von vorn.« [KKAPApp 346] In diesem Übergang zwischen »Schlafen« und »Wachen« erreicht der Schriftsteller Kafka im Idealfall einen Zustand, in dem er aus sich »heben« kann, was er nur will [KKAT 53]; auf die drei Zustände lassen sich Texte unterschiedlichen Charakters zurückführen (wobei auch hier die Grenzen fließend sein können): Niederschriften echter Träume (die im Vorgang des Niederschreibens eine Art Literarisierung erfahren haben), Aufzeichnungen von im Hinblick auf literarische Texte erträumtem Geschehen (kontrollierter Träume) und schließlich als solche konzipierte literarische Traumszenen oder Kunstträume.

Zu den letztgenannten zählt offenbar das »kleine Prosastück« mit dem Titel ›Ein Traum‹, dessen Protagonist vielleicht nur zufällig den Namen »Josef K.« trägt. Wahrscheinlich handelt es sich um die traumhafte literarische Mystifizierung der ersten Arbeitsphase am ›Proceß‹, zeigt es, wie das für Kafkas Arbeitsweise kennzeichnende lineare Fortschreiben bereits zu Beginn immer wieder durch die sich aufdrängende Vorstellung des Endes behindert wird. Eine Schreibhemmung, die nur durch die Durchbrechung des Prinzips des linearen Schreibens und die das Ende des Protagonisten vorwegnehmende Niederschrift des Schlußkapitels zu beseitigen ist. Möglicherweise auch dies eine von Kafka auf dem Kanapee ersonnene und phantasierte Lösung, die er in einer dem Weissagungstraum der Dichtung des 17. Jahrhunderts ähnelnden Form festhält.

Der in den schlaflosen Stunden auf dem Kanapee freigesetzten imaginativen Energie bediente Kafka sich sowohl zur Überwindung von Phasen der literarischen Einfallslosigkeit als auch zur Klärung von Konfliktsituationen. Beides hat seinen Niederschlag im Werk gefunden: Das mit Hilfe der Phantasie in kontrollierten »Träumen« erhaltene Bildmaterial findet sich nicht nur im Tagebuch sondern auch in rein literarischen Texten wieder, die halluzinatorische Vergegenwärtigung von Krisensituationen läßt Kafka auch seine Helden im »Traum« durchleben. Als einen »der wirklich großen Träumenden in der Weltliteratur« bezeichnet ihn Willy Haas [11], bei seinem Urteil auf die persönliche Bekanntschaft und eine genaue Kenntnis des Werkes zurückgreifend. Wie sehr die »Träume« den alltäglichen Umgang mit Kafka bestimmten, macht eine Tagebucheintragung Max Brods vom 25. Mai 1911 deutlich: »Kafka kommt nicht, nichts als seine eigenen Träume scheint ihn mehr zu interessieren.« [12] Daß auch hier die »Träume« auf das Werk zu beziehen sind, steht wohl außer Frage. Drei Jahre später, am 6. August 1914, wenige Tage nach dem Beginn der Arbeit am ›Proceß‹, hält Kafka selbst in einer vielzitierten Tagebucheintragung fest: »Der Sinn für die Darstellung meines traumhaft innern Lebens hat alles andere ins Nebensächliche gerückt [...].« [KKAT 546]

Hans-Gerd Koch

11 Willy Haas, ›Nachwort‹. In: Franz Kafka, *Briefe an Milena*. Frankfurt 1952, S. 277.
12 Klaus Wagenbach, *Franz Kafka. Eine Biographie seiner Jugend*. Bern 1958, S. 125 u. 221.

Siglenverzeichnis

Die Schriften, Aufzeichnungen und Briefe Franz Kafkas wurden unter Verwendung der in der Forschung üblichen Siglen nach folgenden Ausgaben zitiert:

Schriften. Tagebücher. Briefe. Kritische Ausgabe. Hg. von Jürgen Born, Gerhard Neumann, Malcolm Pasley und Jost Schillemeit. Frankfurt a. M.: S. Fischer, 1982 ff.

KKAP   Der Proceß. Hg. von Malcolm Pasley. Text- und Apparatband. 1990.

KKAS   Das Schloß. Roman. Hg. von Malcolm Pasley. Text- und Apparatband. 1982.

KKAT   Tagebücher. Hg. von Hans-Gerd Koch, Michael Müller und Malcolm Pasley. Text-, Apparat- und Kommentarband. 1990.

KKAV   Der Verschollene. Roman. Hg. von Jost Schillemeit. Text- und Apparatband. 1983.

B   Beschreibung eines Kampfes. Novellen, Skizzen, Aphorismen aus dem Nachlaß. Hg. von Max Brod. Frankfurt a. M.: S. Fischer, 1953. [Davon abgeleitet: Fischer Taschenbuch Band 2066]

BKB   Max Brod. Franz Kafka. Eine Freundschaft. Briefwechsel. Hg. von Malcolm Pasley. Frankfurt a. M.: S. Fischer, 1989.

Br   Briefe 1902–1924. Hg. von Max Brod. Frankfurt a. M.: S. Fischer, 1958. [Davon abgeleitet: Fischer Taschenbuch Band 1575]

E   Sämtliche Erzählungen. Hg. von Paul Raabe. Frankfurt a. M.: Fischer Taschenbuch Verlag, 1970. [Fischer Taschenbuch Band 1078]

F   Briefe an Felice [Bauer] und andere Korrespondenz aus der Verlobungszeit. Hg. von Erich Heller und Jürgen Born. Mit einer Einleitung von Erich Heller. Frankfurt a. M.: S. Fischer, 1967. [Davon abgeleitet: Fischer Taschenbuch Band 1697]

H   Hochzeitsvorbereitungen auf dem Lande und andere Prosa aus dem Nachlaß. Hg. von Max Brod. Frankfurt a. M.: S. Fischer, 1953. [Davon abgeleitet: Fischer Taschenbuch Band 2067]

M   Briefe an Milena [Jesenská]. Erweiterte und neu geordnete Ausgabe. Hg. von Jürgen Born und Michael Müller. Frankfurt a. M.:

S. Fischer, 1982. [Davon abgeleitet: Fischer Taschenbuch Band 5307]

O   Briefe an Ottla [Kafka] und an die Familie. Hg. von Hartmut Binder und Klaus Wagenbach. Frankfurt a. M.: S. Fischer, 1974. [Davon abgeleitet: Fischer Taschenbuch Band 5016]

Die im Vorwort zitierten Aufsätze von Oskar Walzel und Will Erich Peuckert finden sich in *Franz Kafka. Kritik und Rezeption 1912–1924*. Hg. von Jürgen Born u. a. Frankfurt a. M.: S. Fischer, 1979 [BOI] und *Franz Kafka. Kritik und Rezeption 1924–1938*. Hg. von Jürgen Born u. a. Frankfurt a. M.: S. Fischer, 1983 [BOII].

Franz Kafka

 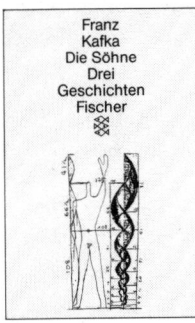 

Amerika
Roman. Band 132

**Ein Bericht für eine
Akademie/Forschungen
eines Hundes**
*Erzähler-Bibliothek
Band 9303*

**Beschreibung
eines Kampfes**
*Novellen, Skizzen,
Aphorismen aus dem
Nachlaß. Band 2066*

Brief an den Vater
Band 1629

Briefe an Felice
*und andere Korrespondenz
aus der Verlobungszeit
Band 1697*

Briefe an Milena
*Herausgegeben von
Jürgen Born und
Michael Müller
Band 5016*

**Briefe an Ottla
und die Familie**
*Herausgegeben von
Hartmut Binder und
Klaus Wagenbach
Band 5016*

**Hochzeits-
vorbereitungen
auf dem Lande
und andere Prosa
aus dem Nachlaß**
Band 2067

**Franz Kafka
Gesammelte Werke**
*8 Bände in Kassette
Band 14300/Inhalt:
Amerika/Der Prozeß/
Das Schloß/Erzählungen/
Beschreibung eines Kampfes/
Hochzeitsvorbereitungen
auf dem Lande/
Tagebücher 1910–1923/
Briefe 1902–1924*

Der Prozeß
Roman. Band 676

Sämtliche Erzählungen
*Herausgegeben von
Paul Raabe. Band 1078*

Das Schloß
Roman. Band 11329

Die Söhne
*Drei Geschichten
Der Heizer/Die Ver-
wandlung/Das Urteil
Band 9501*

Träume
*Herausgegeben von
Gasparo Giudice und
Michael Müller
Band 11148*

Tagebücher 1910–1923
*Herausgegeben von
Max Brod. Band 1346*

**Das Urteil und
andere Erzählungen**
Band 19

Die Verwandlung
Band 5875

**Franz Kafka.
Eine innere Biographie
in Selbstzeugnissen**
*Herausgegeben von
Heinz Politzer
Band 708*

**Max Brod
Über Franz Kafka**
Band 1496

**Joachim Unseld
Franz Kafka**
Band 6493

Fischer Taschenbuch Verlag

Franz Kafka
Biographische Skizze

1883	3. Juli: Franz Kafka als ältestes Kind des Kaufmanns Hermann Kafka und seiner Frau Julie, geb. Löwy, in Prag geboren
1893-1901	Besuch des Altstädter Deutschen Gymnasiums
1901-1906	Jura-Studium an der Prager Universität (Promotion zum Dr. jur. bei Alfred Weber 1906); Beginn der Freundschaft mit Max Brod
1906-1907	Rechtspraxis beim Landesgericht und beim Strafgericht
1907-1908	Dienst in der Versicherungsanstalt »Assicurazioni Generali«
1908	Eintritt in die »Arbeiter-Unfall-Versicherungs-Anstalt für das Königreich Böhmen in Prag«
1910	Kafka beginnt Tagebuch zu führen
1910-1912	Gemeinsame Urlaubsreisen ins Ausland mit Max Brod; Beziehungen zu der in Prag gastierenden jüdischen Schauspieltruppe aus Polen
1912	Kafka lernt die Berlinerin Felice Bauer kennen; sein erstes Buch *Betrachtung* erscheint; *Das Urteil* und *Die Verwandlung* entstehen; Arbeit am *Verschollenen*
1913	Reger Briefwechsel mit Felice
1914	Erste Verlobung mit Felice; Arbeit am *Prozeß* und an der *Strafkolonie*

1915	Der Träger des Fontane-Preises, Carl Sternheim, gibt die damit verbundene Preissumme »als ein Zeichen seiner Anerkennung« an Kafka weiter
1916	Erneute engere Beziehung zu Felice: »unser Vertrag ist in Kürze: kurz nach Kriegsende zu heiraten«
1916-1917	Viele kurze Texte (vor allem die meisten *Landarzt*-Erzählungen) entstehen im Arbeitsdomizil in der Alchimistengasse
1917	Bezug der eigenen Wohnung im Schönborn-Palais; Beginn der Hebräischstudien; Ausbruch der Krankheit (Lungentuberkulose) und Lösung des zweiten Verlöbnisses
1917-1918	Krankheitsurlaub im böhmischen Dorf Zürau; Entstehung vieler Aphorismen
1919	Beziehung zu Julie Wohryzek; *Brief an den Vater*
1920	Krankheitsurlaub in Meran; Beginn des Briefwechsels mit Milena Jesenská
1921	Krankheitsurlaub in Matliary (Hohe Tatra); Freundschaft mit Robert Klopstock
1922	*Das Schloß* und *Ein Hungerkünstler* entstehen; Pensionierung vom Dienst; Arbeit an *Forschungen eines Hundes*
1923	Beziehung zu Dora Diamant; Übersiedlung nach Berlin; *Der Bau* entsteht
1924	Kehlkopftuberkulose; *Josefine, die Sängerin* entsteht 3. Juni: Tod Kafkas in Kierling bei Klosterneuburg 11. Juni: Beisetzung auf dem jüdischen Friedhof in Prag – Straschnitz

Franz Kafka
Ein Bericht für eine Akademie
Forschungen eines Hundes

Band 9303

»Ein Bericht für eine Akademie, wie sich mein
Leben verändert hat und wie es sich doch nicht
verändert hat im Grunde« – diese Collage aus
dem Titel der einen und dem Anfang der anderen Erzählung dieses Bandes weist auf ihre
äußere, ihre erzähltechnische Gemeinsamkeit.
In beiden berichtet ein Tier als ein Ich – ein
Affe bzw. ein Hund – über sich selbst und seine
Weltsicht, seine Wirkung auf die Menschen und
seine Beobachtungen eben dieser Menschen.

Fischer Taschenbuch Verlag

fi 1306 / 1